名家小写文集

徐国方 著

穿越热带低压

北京联合出版公司
Beijing United Publishing Co.,Ltd.

图书在版编目（CIP）数据

穿越热带低压 / 徐国方著 . -- 北京：北京联合出版公司 , 2024.8. -- （名家小写文集）. -- ISBN 978-7-5596-7900-0

Ⅰ . I247.7

中国国家版本馆 CIP 数据核字第 2024J3R485 号

穿越热带低压

作　　者：徐国方
主　　编：张海君
出 品 人：赵红仕
出版监制：张晓冬
责任编辑：孙志文
特约编辑：和庚方　张　颖
封面设计：立丰天

北京联合出版公司出版
（北京市西城区德外大街 83 号楼 9 层　100088）
三河市同力彩印有限公司印刷　新华书店经销
字数 260 千字　710 毫米 ×1000 毫米　1/16　13 印张
2024 年 8 月第 1 版　2024 年 8 月第 1 次印刷
ISBN 978-7-5596-7900-0
定价：65.00 元

版权所有，侵权必究

未经书面许可，不得以任何方式转载、复制、翻印本书部分或全部内容。
本书若有质量问题，请与本公司图书销售中心联系调换。
电话：17710717619

目 录

追　逃 …………………………………………… 001
毒　气 …………………………………………… 016
开满紫花的长廊 ………………………………… 060
月　食 …………………………………………… 088
穿越热带低压 …………………………………… 113
规　矩 …………………………………………… 130
我的手下罗九耕 ………………………………… 171

追 逃

1

  三天三夜了，还是没见赵三双的影子，雷放的嗓子着了火。他端起杯子，咕咚咕咚灌了顿凉茶，冰凉的蛤蟆就在胃里叽里咕噜地叫起来，叫得人心烦。雷放打了个长嗝儿，趴在方向盘上，透过挡风玻璃，细眼瞄着夜色中的那个农家院子。

  大队长黄刚的骂声还在耳蜗里回响，像攥紧的拳头，一下一下，捶在雷放的脑门儿上："你还有脸回来，吃到嘴里的肉都让它跑了，刑警队的脸都让你丢尽了。"雷放低着头，脑门儿上结满了汗豆子。他入警这么多年，还是第一次见黄刚发这么大的火。黄刚骂够了，一屁股坐在藤椅上，最后撂下话，"雷子，给你一星期的时间，把人给我逮着，要不然，我处理你。"说完，点上烟，不再理他。

  黄刚发这么大的火是因为一起电缆盗窃案。

  这不是一件复杂的案子，自案发到确定嫌疑人不到一周。在雷放看来，这样的案子属于休闲类的，捎带着就破了，和放假差不多。实际上也是这样，他们没怎么费力气，三个嫌疑人就落网了，再逮着赵三双就可以收工了。这家伙被雷放的手下紧紧地盯着，可以说手到擒来，可没想到，事情偏偏在这家伙身上出了岔子。

那天，雷放布置完预审的事，叫上民警方奇，说："走，咱把赵三双收了。"说完钻进警车，一溜烟窜出邢警队。路上，他们俩东扯葫芦西扯瓢，不知不觉，高耸的楼房变成了大片的稻田，映得人心里绿油油的。雷放打开车窗玻璃，让原野的触角蔓延进来，整辆车都愉悦了起来，轻飘飘的。

他们把车径直开进了老村长家。这里是上坡，透过后窗正好能看到下坡赵三双家的院子。听到车声，老村长和蹲点的民警王岳从屋里迎出来。老村长的老婆端着簸箕在院子里簸米，见到警车，老脸上即刻映出粗体的"烦"字，双手一扬，把米弄得山响，嘴里还嘟囔着："老东西，你就作孽吧。"老村长一边忙活着把雷放他们让进屋，一边斥责老婆："你懂个球！"

透过窗户，雷放看到赵三双家的院子里有人影晃动。那人瘦瘦的，光着脊梁，正在打水。王岳说那就是赵三双，雷放点点头，回身对老村长说："这些天麻烦您了，我们这就带人走。"老村长蹲在门槛上抽烟，没搭雷放的茬儿。他跷起拇指摁了摁带着火星的烟叶子，深吸了一口，把烟吐净了，才缓缓地说："雷队长，你们不会抓错人吧？"

"不会，我们有把握。"

"这村上要说别人偷我信，可要说双娃子偷，打死我，我也不信。"老村长抽了口烟，接着说，"想当初，双娃子媳妇刚得病那会儿，大家伙儿东家凑、西家凑，凑了一千多，送到双娃子手里，可那娃到底不肯要，说大家伙儿都不富裕。你说，连送给他的钱他都不要，他能去偷吗？"

雷放笑了笑，调侃说："按您老的说法，我们就不抓了？"

老村长磕了磕烟站起来，脸上掠过一丝尴尬："队长说笑了，我知道那是国法，只是怕冤枉了这娃子。"

"您老放心吧。"雷放走出屋，叫方奇开车，自己带着王岳向坡下冲去。

雷放他们冲进院子的时候，赵三双刚刚灌满了缸，正拿着条破旧的干毛巾擦汗，见有人冲进来，满脸惊愕。雷放亮出证件，说："赵三双，知道我们为什么来吧？"赵三双一顿，眼里即刻蒙了层暗灰，低声说："知道。"王岳掏出手铐，上前铐住赵三双的手腕。此刻，方奇已把车停在了院子门口，雷放一拍赵三双的肩膀，赵三双抖了一下，回头望了一眼土坯房，身子软下来，有气无力地向外走去。

"三双，家里……来人了？"土坯房里飘来女人的声音。这声音像棵没有根的干草，被风轻轻一吹，失去了踪影。但雷放他们还是听清了，赵三双也听清了，他顿了顿，扭头对房子里的人说："来了俩朋友，我跟他们出去办点事儿，你可要安顿好自个儿。"说着，眼里就有泪涌出来。"哦，你把盆子……拿屋来，你不在，我使着……方便。"赵三双没再接女人的话，一双眼哀求着雷放，低声说："我老婆，瘫了大半年了。"见雷放没搭腔，又说，"警察大哥，让我给她拿个盆子吧，不然，她拉得床上到处都是。"雷放被女人的声音搅得有些乱，他不知道发出这种声音的女人怎样虚弱，沉吟了片刻，对着赵三双摆了下头，算是答应了。

走了几步，赵三双又停住了，抬了抬手，嚷嚷地说："能先不戴铐子吗？您知道，我老婆……我不跑。"王岳烦了，压着气小声说："哪来这么多臭毛病？这是你想摘就摘的吗？"赵三双低头怔在那里，雷放说："摘了。"王岳迟疑了一下，上前打开了手铐。

赵三双从门口拿了陶制的盆子，和雷放、王岳一同进了屋。

屋里光线很暗，只从门洞里流进来少许亮光，其他地方被大面积的昏暗占据着。雷放挤了挤眼，才看清里面的摆设：屋子里外两间，中间隔着化肥袋做的帘子，对着门的地方有一张桌子，年头儿久了，已经破败不堪，一条腿不知去向，用一摞半块砖顶着桌面，另外还有两个方凳，上面沾满了黑色的泥灰。屋子里再没有别的摆设，两个破筐随意地丢在角落里。

屋子里有种难闻的气味，是霉味、汗味、药味，还是屎尿味，雷放说不清，只是闻着就想呕。赵三双看看帘子，又看看雷放，站在屋子中间不敢挪窝儿。雷放扯了一下他的袖子，顺手撩开帘子，走了进去，对炕上躺着的人说："大嫂，我在市里包了工程，想叫三双去干一阵子挣点钱，你不会反对吧？"赵三双拿着盆子站在旁边，向雷放投来感激的目光。与外屋相比，里屋更加昏暗，气味也愈发浓烈。赵三双把盆子搁在炕头上，说："老板是好人呢，给我活计呢。"炕上一条黑乎乎的影子蠕动了一下，声音带着臭味飘过来："是好人呢，三双，我……"说着，影子嘤嘤地哭起来。"莫哭，莫哭。"赵三双边说边把手塞进被子，摸索了一阵，又起身看着雷放。雷放戳了一下王岳，对赵三双说："你先给嫂子拾掇拾掇，我们在外屋等你。"说完，和王岳走到外面，在方凳上坐下来。

屋里的味儿越来越重。雷放丢给王岳一支烟，自己也含了一支，正要点，手机响了。他对王岳指了指里屋，出了门，走进院子。电话是老王打来的，是说审讯的事。老王说那三个人都交代了，上个月高速路那几起也是他们干的。雷放压低声音问他们交代赵三双的情况没有，老王说交代了，说赵三双只参与了最后一起。雷放的心稍微放下了些，随后老王又说，最后一起的赃物他们还没有来得及处理，应该还在赵三双手里。雷放说："知道了，我们现在就把赵三双带回去。"挂了电话，雷放深深地吸了一口院子里新鲜的空气，转身向屋里走去。

没走几步，就听王岳在屋里大喊："赵三双跑了！"

赵三双跑了。当雷放和闻声赶来的方奇闯进里屋时，赵三双已经跑了。本来昏暗的里屋如今被一道光柱照着，赵三双就是沿着这道光跑的。在光的进口，雷放看到了一堵早就破了个大洞的墙，刚刚堵在这里的被子和席子，在洞口处胡乱堆着。

他们穿过洞口奔到外面，看到的是一座不高的坡，以及浓密的竹林子。雷放带着王岳向林子里奔去，方奇驾车到另一边堵截，但已经晚了。刚刚还唯唯诺诺的赵三双跑了，就在雷放的眼皮子底下没了踪影。

2

被黄刚狗血喷头地骂了一顿，雷放心里反而清醒了些。他不知道自己当时怎么了，是老村长的话，还是赵三双妻子嘤嘤的哭声，或者是别的什么，让他失去了作为一名刑警的最基本的敏感。他甚至没有怀疑过赵三双有逃跑的动机，甚至听说赵三双只参与了一起盗窃案件而为其庆幸。雷放拍着自己的头，暗自咒骂："赵三双，不捉到你，我这个雷字就倒着写。"

追逃方案很快制订了出来，在雷放的办公室里，他们十几个人分成了三组。雷放带一组负责在赵三双家附近蹲点守候，在雷放看来，赵三双对瘫痪在炕上的妻子是无法完全放下的，对这一点，他很有把握；第二组由方奇领着，重点追踪失窃的物资，雷放判断，赵三双逃跑会急于出手赃物，只要盯住有限的几个收购点，不难找到他的行踪；最后一组由老王负责，盘查赵三双的亲属及社会关系，防止赵三双藏匿。按照老王的想法，还应该请求大队支援，在主要路口设卡堵截，防止赵三双外逃。这也是雷放最担心的，可他张不开这个嘴。别说因为自己的疏忽放走了嫌疑人，就是没有这件事，盗窃这样的小案子也没法动用大量的警力。不是专项行动，谁又愿意丢下自己手头的事来义务奉献呢？

最后，雷放下了死命令：不抓住赵三双，谁也不许回家。

雷放的布置很快有了收获。方奇他们下去也就半天的工夫，就查获了所有失窃的物资，雷放得到这个消息很是兴奋。在刑警队里，他见到了收赃者——废品收购站的小老板于某。据于某交代，前天傍晚，有个人急匆匆地来到收购站，问他要不要废电缆，那人匆忙的样子似乎急等着钱用。于某喜欢这样的人，这样的人是能够给他带来巨大收益的人，能够给他带来巨大收益的人在于某眼里多少都有点傻。照于某的话说，那人憨憨的。

后来，具体说是天黑以后，于某开着机动三轮车和那人一同来到了一个水塘边。那人蹚进水里，摸索了几下就甩上来一根绳子，他叫于某在岸上拽着，自己在水里推，不一会儿就有东西露出来，拉近一些才看清是捆电缆。他们割断绳子，把电缆一点点抽出来，又一点点盘到三轮车上。他们一共从水里捞上来三捆电缆。末了，那人要一千，于某说："就八百，多一个子儿都不成。"那人也没还价，揣上钱，一溜烟进了林子。

雷放没想到赵三双出手这么快，抢在网撒下去之前处理了赃物，后悔自己迟了一步。接着，他向于某详细地询问了那人的面貌特征，清瘦，一米七左右，光着脊梁，右手拇指残缺，正是赵三双，雷放一闭上眼，脑子里就是他的样子。

在院子里，雷放看到了赃物，盛满了三轮车，心里暗骂于某黑心。雷放担心的就是老王所说的——赵三双外逃。现在这家伙有了钱，外逃的可能性在加大。他一边打电话叫王岳盯紧赵三双家的院子，一边安排方奇到各个公路收费站跑一趟，请他们帮助协查。在无法调集警力严防死守的情况下，这是无奈之举。至于效果，雷放不敢想，碰碰运气罢了。

安排好一切，雷放叫上技术人员带着于某来到他们装车的地方。这是个不大的水塘，四周被竹林子密密地拢着，只有一条土路连着外面。如果没有案子，这里是处不错的地方，满眼的绿，满口清新的空气。雷放想，这家伙藏东西很会找地方，是个捉迷藏的高手，雷放心里隐隐有些担心。

在水边，他们很轻易地找到了三轮车的车印、于某和赵三双的脚印、电缆拖动的痕迹，以及几截割断的绳子。技术人员忙着拍照和提取痕迹，雷放则顺着于某交代的方向走进了林子。一夜之前，这里正是赵三双消失的地方，和他家墙上那个洞相比，这里新鲜的植物无疑会记录更多的信息。雷放分明能感觉到赵三双穿过林子时留下的体温，甚至能够看到赵三双在林间穿过，脊梁上洒满月光和植物的影子，能听到他踩着竹叶沙沙的响声。

雷放叫技术人员勘查一下这里，希望能够找到点有用的线索。后来，他又调来警犬，希望凭借它灵敏的鼻子，把赵三双从林子深处挖出来。但都是徒劳的，在林子外面的公路上，一切痕迹和气味都消失了，警犬呜呜叫着原地打转儿，雷放的情绪跌落到了谷底。

3

三天三夜了，还是没见赵三双的影子，这个狡猾的家伙仿佛在人间蒸发了一样。雷放不相信他真的能撇下妻子，一走了之，那嘤嘤的哭声能轻易拉住人的魂，怎么能拉不住赵三双呢？雷放想不通，也不敢想，这仅有的希望一旦破灭，赵三双这个名字将永远在雷放的心里被诅咒、被通缉，即使没有盗窃案，也是如此。

但三天三夜，赵三双始终没有出现，倒是老村长的老婆时常出现在那个院子里。这次蹲点，雷放没有选择老村长家，也没有惊动村里的任何人，他无法信任这些人。

雷放掏出手机，给在另一个观察点上的王岳拨通了电话："有情况吗？""没有，连条狗也没有，只有蚊子嗡嗡嗡地叫了一夜。""没有就没有，哪那么多废话？"雷放撂下手机，使劲揉了揉太阳穴，继续向赵三双家的院子瞄去。

这时他看到了一条人影，缓慢地从一簇竹子后面钻出来，蹒跚着向赵三双家走去。雷放一振，直起了腰，但随即又失望地塌进靠背里。那是老村长的老婆，赵三双逃跑后，这个老太婆时不时地出现在赵三双家的院子里，昨天晌午，她还在院子里扯上了绳子，把几床破旧的被子拿出来晒。雷放知道她在照顾赵三双瘫在炕上的妻子——那个嘤嘤哭的女人，看着丈夫抛开她从洞里钻出去，却没有一点办法，雷放想到这些就在心里反复咒骂赵三双，这比他负案在逃更令人愤恨。

这时，事情发生了——

刚刚进屋的老村长的老婆冲到院子里，急急地喊："救人——啊——不好了，救人啊——"

喊声此刻变成了发令枪声，随着枪响，雷放和他手下的两个民警跳下车冲了出去。他们冲进院子里时，老村长的老婆已经跌坐在地上，见到雷放，话卡在嗓子里，急急地用手指着屋子。雷放冲进里屋，见赵三双的妻子赤条条地躺在炕上，嘴里溢出鲜血，身上滚着粪便，已经昏死过去。那个陶制的盆子摔在地上，她身上盖的被子堆在炕下靠里的地方。雷放把手放在她的鼻子下面试了试，又摸了摸她的脉搏，拿起被子把她裹上，弯腰抱到了院子里。

这时老村长和另一个村民听到呼救声赶了过来，雷放没有理会他们，留下一名民警守候，抱着赵三双的妻子上了车，直奔最近的市直医院。

在车上，雷放给王岳打了个电话，让他们继续盯着赵三双家。王岳问，蹲点的事已经暴露了，还有必要守候吗？雷放回答："赵三双不可能这么快就知道消息，你们谁也不许大意。"说完又嘱咐王岳给老村长他们上一上普法课，防止他们把事情说出去。

在市直医院急救中心，雷放用自己的名字登了记，又交了押金，便坐在外面的栏杆上闷闷地抽烟。人马撒出去，却没有一点消息，连条有价值的线索都没有，雷放的心情糟透了。现在，黄刚规定的期限已经过去了一半，他却连赵三双的影子都没见着，而且还要替他照顾媳妇儿。雷放感觉自己被耍了，被赵三双耍了，这个家伙，不定躲在什么地方，吃吃地笑呢。

不知过了多久，一名女医生站在门口喊："谁是雷放的家属？"雷放愣了一下，回过神儿来，边走边应道："我是。""你怎么搞的，人病成这样才送来，晚了，人不行了，准备后事吧。"女医生满嘴刻薄，连正眼都没给雷放。站在边上的民警急了，说："你怎么说话呢？""还问我怎么说话，看你们家属穿得人五人六，病人却严重营养不良，就没见过你们这样的。""谁是她家属？这是我们追捕的嫌疑人的老婆，不知道名字，我们队长才用自己的名字登记的。"民警年轻气盛，得理不饶人。雷放掏出证件递给女医生，问："人怎么样了？"女医生看完证件，有些过意不去，脸红了大半，回答说："挺危险的，脏器已经出现了衰竭的迹象，腔内有了出血点，估计时间长不了。""先尽力维持吧，多用点好药，这女人挺可怜的。"见女医生没说话，雷放又说，"我们这就去办住院手续，钱不是问题。"

在重症监护室里，雷放第一次如此认真地观察这个女人。她被医院柔和的光线包围着,安详地昏睡着,仿佛一条深海里悬浮的鱼,没有一丝血色。雷放不知道赵三双是否就藏在她梦的深处,不知道她是否在偷偷地向他哭诉,哭诉这些天来自己的怨恨和委屈。也许她没有怨恨,她的面容竟然略带喜悦,曾经嘤嘤哭泣的嘴向上翘着。雷放希望她永远这样睡着,永远做一条深海里悬浮的鱼。这样,岸上的事就与她无关,她就能在生命的最后一刻,享受宁静。

雷放轻轻地走出监护室,悄声交代旁边的民警把眼珠子擦亮点,警惕赵三双溜进医院。之后他又打电话叫来了一名女民警,照顾赵三双的妻子。

一切安顿好后,雷放开车离开了医院。

4

赵三双妻子的事打乱了雷放的布署,他知道再在赵三双家附近蹲点已经没有多大意义了。他又坚持了一天便把人给撤了回来,撒在医院周围,同时把赵三双妻子住院的细节发布了出去,希望能够钓到这条失去了踪迹的鱼。对于雷放来说,这是他与赵三双这场博弈中,自己抛出的最后一个饵了。

坐在车里,雷放回想着这几天两人的交锋,心里不得不佩服这个对手。在这场捉迷藏的游戏中,赵三双处处占尽先机,甚至以抛弃妻子为筹码增加自己的胜算,让雷放等人疲于应付。这样的对手是可怕的,没有感情,更没有人性。在看到那个昏睡的女子后,雷放完成了对赵三双的彻底否定。现在,雷放不仅想找到他,而且想亲手枪毙他,但想归想,雷放一点儿把握都没有。

黄刚打来电话询问案子的进展,并说如果进行不下去就先放放,最近市局有大的行动,要他把警力集中起来,这两天报到。

雷放嘴上应着，心里却浇上了一层热油。那扇失败的大门已经敞开，赵三双就靠在门框上对他吃吃地笑着。雷放感到了屈辱，挥拳打去，赵三双却没有了踪影，只留下吃吃的笑声。

雷放捶着自己的头，他觉得他这只皮球的气快要被放光了，无论怎样拍都无法弹起来，最后瘫在车座上。这时，负责摸排赵三双社会关系的老王来电话了，这个电话重新给雷放注满了气，一下子弹了起来，命令开车的王岳立即掉头。

据老王他们调查，赵三双的社会关系非常简单。他爹娘早在几年前就死了，也没有兄弟姐妹，他爹之所以给他起赵三双这个名字，就是盼着能多有几个孩子，但这愿望落空了，他爹是含着怨气死的。他媳妇是南方人，村里人有的说是四川的，有的说是云南的，全是猜的。赵三双的媳妇得病后，原来走动的亲戚怕惹上债，全都躲着他们，不和他们来往，只有一个远房表姐接济过他，这也成了老王他们重点调查的对象。通过外围调查，老王他们得到了一些线索。一是赵三双九岁的儿子就在他表姐家，已经住了大半年；二是村民反映，说曾有个瘦瘦的男人在村里出现过，体貌特征和赵三双非常相似，而且出现的时间就是赵三双销赃后的第二天早晨。

"老王啊老王，等抓住赵三双我请你喝五粮液。"雷放抑制不住内心的兴奋，放下电话和王岳掉转车头冲出市区。

在雷放面前，赵三双的这个远房表姐默不作声，任雷放和老王说什么就只管掉泪珠子。雷放想不明白她那双眼到底能储多少泪水，自打雷放他们一进院子，她就一直哭。她哭得与众不同，低着头，泪不经过脸颊就垂直掉下来，掉得那样均匀、那样源源不断，掉得雷放的心里越来越急。这样看着她掉了半个多小时的泪珠子，王岳和村治保主任带着她丈夫回来了。

据她丈夫说，赵三双的媳妇瘫痪后，就把孩子送了过来。他们看着可怜,就留下了,这一留就留了大半年。其间赵三双来过两回,头一回是几个月前,说来看看,还说娃的娘怕是不行了,身上疼得厉害,说着还抹眼泪。第二回就在前几天,是后半夜来的,来了就哭,说自己惹上了官司,说跟着别人偷了公家的电线。他姐听了就骂他不争气,他也不还嘴,末了央求他们带大孩子,说自己吃官司坐牢顾不上孩子了。赵三双在这里只待了一个多钟头,天刚放亮就走了,走前丢下了七百块钱,说让他们帮着给孩子的娘买药吃,买东西吃。

赵三双的表姐夫说:"双娃子前脚刚走,他姐就要去照料他那瘫在床上的媳妇儿,是我拦下的。我琢磨她病得那么厉害,别说七百,就是七千也不够使的。再说双娃子惹上了官司,这样的浑水咋敢蹚啊。自那以后,他姐想起来就哭,一颗一颗掉泪珠子,弄得我们这家也不像个家样。"

听到这里,雷放心里安定了些,他的这个对手还没有踏出雷放给他定的底线,这是该欣慰的。再有就是,赵三双外逃的可能性在降低,否则他不会只给自己留下一百块钱。雷放甚至在思考赵三双当初逃跑的动机,这似乎更接近于安排后事,如果真是如此,他将很快出现在雷放的视野里。但这是理想化的猜测,雷放现在需要的不是这些,而是要掌握赵三双确切的位置。

老王问:"他没说去哪里吗?"赵三双的表姐夫思量了一下,说:"没有。"老王让他好好想想,又对他说了有关政策。过了片刻,赵三双的表姐夫突然想起了什么,说:"哦,对了,他好像说要到爹娘的坟上去看一看。"

雷放和老王交换了一下眼神,起身说:"你领我们去看看,有些情况,我们还需要再了解一下。"赵三双的表姐夫点着头,跟着他们走出房子,而赵三双的表姐还坐在那里,继续掉着泪珠子。

这时，车的报警器响了，很突然，也很尖锐。

雷放他们冲出去。

警车被砸了，挡风玻璃上砸出了一朵白花。

砸车的是一个孩子，此时，正站在车前高举着砖头。

"住手！"王岳断喝，一个箭步冲了上去。但晚了，那块砖头再次落到了挡风玻璃上，瞬时又开出了一朵白花。

在那孩子企图重新捡起砖头的时候，王岳上前抓住了他的胳膊，把他提起来，夹在胸前。那孩子疯狂地踢打着，嘴里嗷嗷地叫着。雷放看了赵三双的表姐夫一眼，走上前刚要说话，一条人影倏地奔过去，从王岳怀里硬生生地抢下了孩子，紧紧地搂在自己怀里。那人影就是一直掉泪珠子的赵三双的表姐，她两条胳膊紧紧地拢着，像只河蚌，护住砸车的孩子，眼睛警惕地盯着王岳。

那孩子停止了叫喊，一双眼睛仇恨地扫过雷放他们——目光冰冷、坚硬，像块石头——他在等待时机，等待对手出现破绽，那样他就可以飞过去，狠狠地咬上一口。

"赵三双的儿子？"雷放问。

"是。"赵三双的表姐夫惶恐地解释，"这孩子野，少管教，您这车……"

"算了，走吧。"雷放他们带着赵三双的表姐夫上了车，一脚油门，离开了村子。

5

在赵三双爹娘的坟前，雷放他们发现了一堆烧过的纸和一把燃尽的香。可以想象，赵三双曾在这里停留过很长时间，这时间足够他把坟头上的草拔净，也足够他对死去的爹娘说上足够多的话。

　　所有的灰烬都已经凉了，有的已经被风吹到了别处。雷放知道，他的这个对手又藏了起来，等着雷放去寻找、去搜索。但时间已经不够了，雷放必须把这个案子暂时放下来，去参加市局的行动。他不知道赵三双知道这个消息后会有怎样的想法，作为这个回合的胜利者，他一定会耐心地等待着下一个回合的较量。雷放想，下一个回合他是不会再给赵三双任何机会的。

　　方奇打电话来说赵三双的媳妇不行了，目前正在抢救，病危通知书已经下了，估计熬不过今天。

　　放下电话，雷放叫王岳把车直接开到医院，他要替自己的对手处理媳妇的后事，顺便布置最后一次抓捕行动。雷放觉得自己有些残忍，那条在深海中悬浮的鱼将成为他最后的诱饵，这使他心里很是别扭，甚至有种负罪的感觉。

　　在医院，透过门上的玻璃，雷放看到了那个曾经嘤嘤哭的女人。她躺在白床单上，嘴巴还是向上翘着，仿佛做着甜美的梦，这多好。医生已经停止了抢救，他们卸下了所有的器械，等待这支蜡烛自己熄灭。现在，蜡烛的火苗已经很弱了，似乎下一秒钟就会彻底暗下去。那时，该有一缕幸福的灵魂飞出来，摆脱这病痛的肌体。

　　刑警队员们已经在医院里扯紧了网，等着鱼儿寻饵而来。雷放派王岳到老村长家里传递赵三双媳妇病危的消息，顺便观察赵三双家里的动静。给爹娘上完坟后，赵三双已经没有多少钱了，他最有可能去的地方就是自己家。接着，雷放又派老王赶回赵三双表姐家，那里有赵三双的儿子，一想起这孩子，雷放就能感受到他投过来的石头一样的目光。

　　把人都安排好了，雷放在走廊里静静地等着，透过玻璃静静地看着赵三双弥留之际的妻子。

时间一秒一秒地过去，每一秒都像一只脚踩进雷放的心里，让他的负担越来越重。从警这么多年，雷放办理过许多大案要案，但从没有过这样的感觉。他搞不清楚这感觉是来自案件本身，还是来自病床上那个女人，抑或来自她逃入竹林、没有踪迹的丈夫。雷放觉得这时的时间是一种煎熬，人的神经在这样的煎熬中很容易断裂，发出类似玻璃破碎的脆响，那是一种生命的脆响。

　　病房里走出护士，对雷放说："人马上就不行了，你们抓紧准备一下吧。"

　　雷放应着，心里突然有些酸楚。他摆手叫两个女民警拿来衣服、化妆品、毛巾等物件，又叫人端来一盆清水，嘱咐女民警一会儿好好给女人擦擦身子。

　　这节骨眼儿上电话响了，是王岳打来的，说赵三双投案自首了。

　　雷放握着电话，顾不上墙壁上挂着的"请勿喧哗"的提示，焦急地喊着："快，快把他带过来，再晚就来不及了。"

　　雷放用抖动的手指挂了电话，不知为什么，眼眶里竟充盈着泪水……

毒 气

1

彭老蒯买了一头牛。

吃晌饭的时候,有人见他倒背着手,牵着牛从村中央的大路上慢腾腾地往西走,便私下里嘀咕,一直嘀咕到天黑,嘀咕到望台村活着的、死去的人都知道了这件事——彭老蒯买了一头牛。

彭老蒯真的买了一头牛,一千八买的。早晨在集上,他一眼就相中了这头牛,黄底白花,干干净净,像艳阳天里白云彩飘过刚垦的地,透着一股爽气。虽然有几年没种地了,可彭老蒯知道,相牛和相人差不多,相的是精气神儿。有的牛高高大大,牙口也好,但一眼瞟过去脏兮兮的,不叫人待见。这样的牛看起来能干活儿,可那是虚架子,好生病不说,还会偷奸耍滑,似乎是被人糟蹋久了,学会了一些人的本事。而他相中的这头牛不这样,一看就没什么城府,这样的牛好调教,调教好了是头好牛。

彭老蒯相中了牛,就在斜对面不远的石头上蹲了下来,从腰上扯出烟袋锅儿,装了烟,点了火,吧嗒吧嗒,一口一口,不紧不慢地抽。他不急着买,早晨刚开市,价钱正高,他要抻一抻,抻差了十块二十,抻好了一百二百。虽然他现在不缺这点钱,可钱就是钱，再少的钱也能派上用场。这是老理儿，老理儿差不了。

日头渐渐高起来，牲口市里的人越来越多，买的卖的，熙熙攘攘。彭老蒯看得久了，就想起深圳的劳动力市场，那里不卖牲口，只卖人，人自己卖自己，自己吆喝自己，自己拍着胸脯说力气、技术、经验等编造的筹码，自己给自己标价，自己给自己寻找买家。这是一件很智慧的事，起初彭老蒯和儿子彭大发不清楚，或者说不好意思，待了几天也没能将自己卖出去。慢慢地，他们摸到了门道儿，确切地说是彭老蒯摸到了门道儿，他是个机灵人，了解农贸市场的一切规则，明的暗的，真的假的。随后，他杜撰了经验，压低了价格，并偷偷地打压其他的竞争者，把自己和儿子卖给了一家建筑公司。要不是家里出了事，他兴许现在还在建筑工地上做饭呢。想到这儿，彭老蒯叹了一口气，心里说：人啊，不服命不成。

抻得差不多了，彭老蒯磕了烟站起来，慢慢悠悠走过去，和卖牛的人你来我往，硬是砍下了一百块钱。彭老蒯心里满足，点了十五张大票子递了过去；卖牛的人心里也满足，接了票子一张一张地数，一张一张地对着日头看，边看边和彭老蒯搭着话。

"老哥儿，哪个村的？""望台的。""望台的？""嗯，望台的。""那这个价钱不成。""咋，说好的事儿也能悔？""能。""咋？""谁不知道望台的有钱？""那钱也不是从天上掉下来的。""就是掉下来的。""那你说多少钱？""一千八。""少了不卖？""不卖。"

彭老蒯心里有了气，想跺脚走人，可他实在喜欢这头牛，这牛也喜欢他，一双水汪汪的大牛眼水波似的望着他，望得他抬不开腿，挪不动步。没办法，彭老蒯心软了，又掏出三张票子塞到卖牛的手里，夺过缰绳，牵着牛离开了集市。

彭老蒯心里气，平白无故多花了三百冤枉钱。

日头已经挂上中天了，彭老蒯还牵着牛慢慢悠悠地在路上走，他不急着回家，家里的人都没了，急什么。所以，他慢慢悠悠地走，慢慢悠悠地让牛在路边啃啃草，在河边喝喝水，他自己则慢慢悠悠地抽上几口烟，看上几眼在天空中飘浮的大朵的云。

远处，一列火车慢慢地开进了十八台车站。彭老蒯知道，火车在站上将停留两分钟，卸下十几个人，装上另外十几个人，并借机喘息一下，再轰隆隆，从站的另一端钻出去，消失在那边绵延的山的后面。对于这一切，彭老蒯很熟悉。五年前，他和儿子大发就是从这一站坐上火车到南方打工的。那天有三个女人给他们送行，一个是彭老蒯的媳妇，一个是彭大发的媳妇，另一个是彭老蒯的孙女、彭大发的闺女。两个媳妇都红着眼，悲切切的样子，彭老蒯的孙女则在娘怀里哇哇地哭，让彭老蒯很不舒服。他知道还有个人也在站上，也是个女人，叫顺英。他看不到她，但他知道她来了，兴许就躲在哪根柱子的后面。透过车窗，彭老蒯在小站上扫了好几圈也没看到，但他知道顺英来了，他闻到了顺英身上的香味。这香味他闻了很多年，离得再远也闻得到、辨得清。所以火车开的时候，彭老蒯的眼睛还在小站上找，找顺英。但他没找到，火车扎进山里时也没找到，彭老蒯心里就有些酸。

再近一些的地方正在修路。推土机轰隆隆从玉米地的这头开向另一头，玉米便一片一片地倒。那是彭老九的地。彭老九活着的时候，一根麦穗也不舍得扔，可如今玉米熟了却没人收，任由推土机铲倒碾碎，崩得到处都是。彭老蒯替老九心疼，替老九骂他那个儿子。他有点想不通，挺好的后生，咋一有了钱就坏了良心，连金灿灿的粮食都扔在地里不管不问，任由推土机糟蹋？

快到村口的时候，彭老蒯遇到了喜鹊张。喜鹊张姓张，可不叫喜鹊，喜鹊是诨名。她是个女人，长得标致干练，是十八台有名的媒婆子。十八台十八个村，没有几个人不认识她，经她保媒拉纤的姻缘遍布了各个角落，是名副其实的大贵人。望台村招灾后，最忙的就属她，东家跑西家串，把另外十七个村，甚至县城里的红线都往望台村引，弄得村里天天有人相亲，天天有人喝喜酒，天天有陌生女子的俊俏面孔，很红火的样子。彭老蒯不喜欢喜鹊张，原因很简单，顺英就是她保的媒嫁到了照台村，断了彭老蒯的念想。这是很多年前的事儿了，按理说早该忘了，可彭老蒯忘不了。喜鹊张也知道彭老蒯恨她，她是个聪明人，知道如何消除这种恨，在大发的婚事上便格外用心，给大发找了个好媳妇。这样，彭老蒯便不好再说什么了，但每每见到她心里还是不舒服，有顺英的事儿横在那里，能舒服起来吗？

喜鹊张见到彭老蒯老远就打招呼："老蒯兄弟，咋想起来买牛了？"走近了，又拍着牛腔牛肚子说，这牛好，长得俊俏。

彭老蒯"哦"了一声说："他婶儿来了。"

"来了来了，天天来，如今你们望台发了，大闺女挤破了头地往这里拱，哪天我也给你挑一个，挑一个俊俏的，让你享受享受。"

见彭老蒯没答话，喜鹊张接着说："人有了钱就有人稀罕，村东彭瘸子，都六十七八了，不照样找了个黄花大闺女？你老弟就不眼馋？"

"彭瘸子算什么东西？有俩臭钱儿烧得难受。"

见彭老蒯骂上了，喜鹊张话锋一转，说："谁说不是呢，按理说，他那俩钱还不到你老弟的一半，哪能享这艳福？不过现在的事儿说不清，一个愿打，一个愿挨，就是苦了我们这些跑腿儿的了。"

喜鹊张抚着牛背接着说："俗话说得好，少年夫妻老来伴儿，你也该找个伴儿了,老了老了,有病有灾的也要个人照应不是?啥时候有了想法啥时候找我,反正我天天来这儿,千万别藏着掖着。"说罢,喜鹊张拨了一下牛尾巴,风风火火地走了。

　　看着喜鹊张扭动得有些夸张的背影,彭老蒯莫名地烦躁起来。他把牛拴在村口的老柳树上,在一块石头上坐下来,吧嗒吧嗒,一口一口地抽起了烟。

　　遭灾后,望台村一下子成了香饽饽,县里出钱修公路,乡里出钱建旅馆,还通了只有城里才有的公共汽车。望台村像蒸熟的一笼大馒头,保险公司的、银行的、旅游公司的、证券公司的,卖砖的、卖瓦的、卖汽车的、卖电视电脑手机的、卖宠物猫宠物狗宠物兔子的,全都涌进来想啃一口。于是,村子里充满了各式各样的方言、各式各样的商品、各式各样的男人和女人。于是,村子里的人在别人一口一个老板的称呼中飘了起来,这些刚刚放下锄头,还没来得及洗干净脚指头缝里的泥巴的农民坐不住了、站不稳了、睡不着了,像一个个肥皂泡被人越吹越大,越飘越高,飘得就快不认识自己了,更不认识他们脚下这片庄稼地了。

　　飘得最高的当数村东的彭瘸子。彭瘸子本来不瘸,七八岁的时候拿烧火棍戳狗,被狗撵得摔下了村后的山坡,摔折了右腿,才瘸了。这家伙腿瘸心也瘸,十几岁就会偷东西,从望台村偷到照台村,从上台村偷到下台村,在十八台没人不防着他。因为腿瘸心也瘸,到大了就没有哪家愿意把闺女嫁给他。他爹娘急得没办法,在彭瘸子32岁那年就托人从南方给他买了个媳妇。媳妇生得俊俏,说起话来像唱歌,惹得村里的后生们都眼馋,埋怨说一朵鲜花插在了牛粪上,都说买来的媳妇养不住,哪天看不住一拍翅膀就飞了。可人们想错了,这媳妇踏踏实实地和瘸子过,不仅过,还过得不错。南方媳妇会经营,养鸡养鸭养猪,把家里弄得像个饲养场，瘸子家的日子竟一天天地好起来。娶了媳妇的瘸子也像变了一个人，不偷了不摸了，整天跟在媳妇腚后头，颠儿颠儿的，很有点妇唱夫随的意思。可也不都是顺的，瘸子结婚后一直没孩子，南方媳妇操持家是把好手，在生养上却远不及村里那些笨手笨脚的女人，这让村里的女人们在自家男人面前找回了不少面子。村里的男人们便经常开瘸子的玩笑，说：你是不是小时候摔坏了？每每这时，瘸子便单腿跳起来骂，惹得人们哈哈大笑。瘸子的爹娘最终也没抱上孙子，叹着气上半年一个、下半年一个，竟先后死了。

村里发灾的时候瘸子不在家，这家伙命大，到集上卖鸡蛋和人发生了口角动了手，用砖头砸破了人家的头，被派出所关了一夜。那一夜村里出了事，村边上一口油井冒了毒气，一下子死了很多人。等他和逃出来的人一起回到望台村的时候，南方媳妇和家里饲养的畜生们都死了，这家伙一下子吐了血，醒来后哇哇大哭。那几天村里到处都是哭声，都是送葬的队伍。彭老蒯得到消息从深圳赶回来后也和瘸子一样，他觉得望台村死了，整个村子都死了，都被哭声掩埋了。

后来上面派人来了，说是赔偿，人命赔，畜生的命也赔，一条人命18万，大牛3000元、小牛1500元，鸡45元、鸭48元、鹅50元，养猪的吃亏，仔猪4.4元一斤，架子猪3.6元一斤，母猪5元一斤。这样的赔偿标准让养猪的骂，说便宜了那些养鸡养鸭的了。彭瘸子不骂，他有他的法子，东边亏，西边补，鸡他多报了近二百只，鸭子他多报了一百多只，一下子多赚了一万多块钱。那些天，村里人抢死鸡死鸭抢红了眼，原本关系不错的人家为了一只死鸡都骂了祖宗，还有的动了手。只有瘸子聪明，他不声不响地到外头转了一圈，一上午就收了好几袋子死鸡死鸭，上面的人清点数目的时候竟比瘸子报的数目多了好几只。这样，瘸子得到了二十多万元的赔偿款，这数目在望台村算少的，瘸子懊悔地说，要是爹娘晚死两年就好了，一条命十八万，到哪里找这样的价钱？

瘸子有钱了，胆壮了，心也野了。

没过多长时间，望台村里就有女人了。这些女人打扮得花枝招展，坐着公共汽车呼啦啦从城里赶来，像一朵朵花瓣飘到村里的各个角落，诱惑着这里刚刚脱下孝服的男人们。男人们是禁不起这样的诱惑的，他们跃跃欲试，心潮澎湃。这样，望台村的哭声还没有散尽就被这些女人的笑声替代了。

第一个吃螃蟹的人就是瘸子。他几乎是在这些女人第一天抵达便领了一个回了家。没有人知道他这个岁数的人这么着急干什么，这不重要，重要的是许多人都知道瘸子几乎一天换一个女人，重要的是瘸子的做法很快传给了其他男人，人们不无憧憬地说，这才是日子。当其他男人模仿瘸子把女人一个一个领回家的时候，瘸子却变了招数。他找到喜鹊张说："给我找个黄花大闺女，我给你五千。"喜鹊张很快领来了一个，又领来了一个，在领来第六个的时候瘸子把五千块钱塞到了她的手里。

瘸子结婚的时候彭老蒯没去，听去的人说新娘的爹妈比瘸子小二十多岁，拿着瘸子给的五万块钱彩礼笑得合不拢嘴，直叫好女婿好女婿。听到这些，彭老蒯胃里就一阵阵恶心，为死去的那个南方媳妇叫屈。

2

彭老蒯倒背着手，牵着牛从村中央的大路上慢腾腾地往西走。他知道人们在嘀咕他，得了九十多万元的赔偿款买头牛做啥？难不成还种地吗？

彭老蒯知道这些钱他一辈子也花不完，可他就是想买头牛，就是想去地里侍弄侍弄庄稼，那让他感到踏实。

路过村小学的时候，彭老蒯顿了顿，牵着牛走了进去。这里没人，没学生也没老师，空旷旷的。受灾的那天夜里这个学校就没了，如今已经僵了、凉了。教室前面的操场上已经长满了草，他把缰绳盘在牛角上，让牛在院子里随便找草吃，自己则趴在窗户上向里瞧。教室里的桌椅被一层厚厚的土覆盖着，墙角上挂满了蜘蛛网，几只肥胖的蜘蛛懒洋洋地挂在网上，不知道是死是活。在教室门口的草丛里，彭老蒯捡到了一支钢笔，擦掉上面的泥土和锈渍能看清笔身上刻着的简笔梅花和鸟，还有一个人的名字。他知道这钢笔是杨老师的。杨老师是省城来的大学生，是自愿到望台村支教的。为了这事儿，杨老师的女朋友都和他掰了。有一段时间杨老师情绪很低落，有事没事地拿着这支钢笔看。彭老蒯知道，这钢笔是他女朋友送的，那上面的名字就是他女朋友的名字。彭老蒯觉得望台村对不起杨老师。

杨老师是好人，好人是不该死的，可他死了，彭老蒯想这真不公平。

彭老蒯听人说杨老师本来是死不了的。那天夜里，他听到了油井刺耳的呼啸声。那声音很大，村里的人都听到了，可他们不懂，他们不懂便没在意，就继续在炕上躺着，在屋子里猫着。杨老师也不懂，但他觉得不好，便穿上衣服窜了出去。没有人知道他看到了什么、听到了什么、闻到了什么，他没逃，其实他应该逃的，向村外逃。可他跑进了村子，有人听到他喊井喷、喊毒气、喊逃命，没有人知道井喷是啥、毒气是啥，更没有人逃命，好端端地睡着觉，为啥要逃命呢？杨老师便一家一家地拍门，人们知道杨老师的为人，有人真的逃命了，就有更多的人跟着逃命。有的人逃出去了，有的人最后还是死了，逃出去的人没见到杨老师。油井被堵住后，人们在村中央的大路上看到了他，他死了，眼镜的玻璃都摔碎了，镜架被人踩成了好几截。听到这里，彭老蒯就觉得心疼，就想杨老师真是个好人。

杨老师是城里人，按照户口，他家赔偿了三十多万元。村里人便有了意见，拥进工作组的办公室哄着闹着也要三十万，说都是爹娘养的，凭啥他的命就比我们的命值钱。这事儿闹得挺大，上来劝说的干部有好几个挨了打，窗户也不知道被谁打碎了，玻璃撒了一地，扎了不少人的脚。

彭老蒯到场的时候，闹事的人正聚在院子里推选代表，要和工作组的人谈判，推选来推选去，谁都不愿意挑这个头。这很有意思，起哄的时候都张牙舞爪的，到了正事儿却没有人敢跳出来。彭老蒯觉得很丢人，很丢望台村的人。他拖了张桌子爬上去，站在顶上，挥舞着烟袋锅儿："你们没有良心，杨老师为啥死的？"

他这么一骂一问，底下的人就没了声。

"他是为了救咱们这些人才死的！"彭老蒯接着说，"莫说三十万，就是三百万、三千万也是应该的。人家一个大学生，不来咱们望台村教孩子念书，能遭这么大的劫？闹灾的时候，他杨老师不挨家挨户地叫，能丢自己的命？丢人啊，咱就是这样对恩人的？都给我老老实实地滚回去，谁想再闹也不打紧，先把我从这桌子上掀下来，反了你们了！"

他这样一说，闹事的人就散了一大半，剩下的人见彭老蒯在这里横着，也没了招数，三三两两地走了。工作组的干部见彭老蒯三言两语解了围，围过来道谢。彭老蒯没理会，背着手挺着胸转身走了。

这事收场后，望台村的好些人看到他还低着头，彭老蒯知道他们有些不好意思，人要脸、树要皮，懂得羞耻就好。也有些人背地里骂他，比如彭瘸子，就到处嚷嚷说工作组给了彭老蒯好处。这话传到彭老蒯耳朵里他没生气，呵呵地笑着让人叫瘸子来理论理论，瘸子到底没敢露面，就是在大街上碰到彭老蒯也远远躲着走。

后来，彭老蒯听说杨老师的爹妈没要那三十万块钱，说是儿子的卖命钱使着心酸，便把钱捐给了乡里盖学校。这学校当然也包括望台村小学，但现在这学校荒着、空着，连个人影也没有。村里的孩子有的死了，没死的家里有了钱却断了上学的念头。彭老蒯就觉得杨老师死得不值，就觉得望台村更加对不起死去的杨老师。

离开学校，彭老蒯并没有回家，他把牛牵到了村西的杨树林子。林子里到处是新添的坟，大的小的、高的矮的，密密麻麻，像雨后钻出来的毛蘑菇。

彭老蒯走到自家的坟地拴了牛坐下来，这里埋着被那场灾难夺去的他的媳妇、儿子、儿媳妇、孙女和没出生的孙子。他确信是孙子，虽然没出生，但从他知道儿媳妇怀孕的时候起，他就确信是孙子。于是算着儿媳妇的预产期快到了，就叫儿子彭大发请了假赶回了望台村。为此，他觉得自己对不起儿子。要不是自己逼着儿子走，大发就不会在那场灾难中丢了性命。他断送了儿子，也断送了自家的香火。没了香火，要钱有什么用呢？彭老蒯心里一阵阵揪着疼。

彭老蒯疼的还有儿媳妇肚子里的孙子。在领取赔偿款的时候，乡干部把他拉到一边说："按理说你儿媳妇的孩子还没生出来不能算人头，但乡里考虑到你的为人，还帮忙做了大量工作，还是按人头算，你可要知足，要配合我们做好其他人的工作。"

彭老蒯没说话，一说到孙子，他心里就难受。在签字的时候,他不敢看上面的名目,看一眼,心里就好像被针扎了一下,扎得鲜血直流。

彭老蒯在杨树林子里抽了一袋烟。这里好,安静,没有陌生女人浪浪的笑声,没有推销员喋喋不休的吵闹声,没有大车、小车、中型车的轰鸣声。在这里,他能感到风含着水汽在树间穿行,能感觉到泥土和光,能闻到香。在村里,他是闻不到香的,到处都是尸体的臭味。而在这最接近尸体的地方,他却感到空气清新,浑身轻松。他甚至怀疑,那夜的毒气并没有散尽,或者说有另外一种毒气重新在村里弥漫着,这让他不能很好地呼吸。因此,这片杨树林子就成了彭老蒯最喜欢的地方,常常一个人来到这里,和地下的人说说话、聊聊天。

这里有亲人,也有他从小玩到大的朋友。彭老九就在左边不远的地方埋着,那土还新鲜着,还冒着新土的香气。老九这辈子不容易,爹娘死得早,老婆又是个病秧子,家里有点钱全都填了药罐子,穷得儿子二十好几了,连个媳妇都没说上。老九是个真真正正的庄户人,把心思全都扑在了地里。他庄稼侍弄得好,同样的种子同样的肥,他的收成总比别人多。老九也没啥诀窍,就是仔细,把庄稼像爹像娘一样伺候,人们经常能看到他坐在垄上对着庄稼念叨,还有人见过他对着庄稼抹眼泪,仿佛半大的孩子在爹娘面前诉着委屈。老九不侍弄庄稼时,就到大路上拾粪,有时候没带粪筐粪叉,就伸手把粪捧起来捧到地里,一点儿也不糟蹋。老九的儿子叫平安,细皮嫩肉的像城里的孩子。平安话不多,但聪明,没上过学却能写一手好字,算起账来也是一把好手。前年老九的媳妇病倒了,平安就央求彭老蒯带他到外面打工,说是挣点钱给娘看病。彭老蒯觉得这孩子孝敬,就把他带到了深圳的建筑工地。平安确实聪明,没干多久就成了老板的小跟班儿,成了老蒯和大发的领导。老蒯平时经常拿平安做例子教育大发，可他心里也知道，自己儿子是块榆木疙瘩，心性和平安没法比。他打心底替老九高兴，觉得老九有了平安这孩子做依靠是天大的福气。可谁想到老九没这命，眼看日子快熬出头了，却被那场灾夺了性命。

老九是在路上死的，不像有的人死在炕上，死在被窝里。有人描述老九死的样子，他向前趴着，背上压着病秧子媳妇，老九的两只手死了还抱着媳妇的两条腿，掰都掰不开。这样一说，彭老蒯就知道老九是为了救媳妇死的，结果两个人谁也没能逃出去，"夫妻本是同林鸟，大难来时各自飞"，这话对老九不合适。

前些日子，彭老蒯到老九家去过，他想问问平安是否还有出去打工的打算，还想给他说说修路的事。修路按理说是好事，可万不能糟蹋庄稼，那庄稼是老九的命根子，是老九的爹和娘，就是修路也要先把爹和娘请回家后再修。

彭老蒯推门进去，见堂屋里挤满了人，有认识的，也有不认识的，吵吵嚷嚷很热闹。堂屋的正墙上挂着老九和他媳妇的画像，画像下摆了香案和牌位，但里面的香早就灭了、冷了，摆放的果品也乌黑腐烂。香案前面摆了张四方桌子，围着一圈人正在玩牌。平安在当中坐着，见老蒯进来叫了声伯，就又低头打牌去了。彭老蒯看了会儿，看不懂，只看到一沓沓钱在人们手里传来传去，就知道这是赌博。他唤了几声，平安没理会，便一生气把桌子掀了，指着画像瞪着平安骂："平安，你爹娘眼巴巴地看着，你敢耍钱，连庄稼都不要了。"这时就有几个生面孔的小伙子恶狠狠地拽他。平安制止说："这是我伯，没你们的事儿。"那几个人便松了手，老蒯再继续骂。平安垂着头不搭腔，老蒯的骂声像撞到了棉花套子，使不上半点力气，也就没了脾气，无可奈何地走了。

望台村遭灾后，许多人都耍上了钱，弄得村里乌烟瘴气的。

彭老蒯觉得有什么垮了、塌了,劈头盖脸地砸了下来,砸得人心里慌慌的。现在坐在杨树林子里,看着一座座新坟,彭老蒯倒觉得平静了许多,也亲切了许多,似乎这里才是真正的望台村,这里才是原来的家。

彭老蒯牵着牛走出林子,见不远的地方正在盖楼。人们看到他纷纷打招呼,问:"买头牛做啥,咋不买辆车开开呢?"彭老蒯没答话,他心里气,这气是没有缘由的。他看到一夜间呼呼长出来的楼房就有些别扭,一边是新坟,一边是新砖、新瓦、新梁盖的新楼,怎么看也不舒服,况且在坟与楼中间还散布着一些没有被风吹远的纸钱,让他感到心里一阵阵发紧。

他牵着牛走到自家院门的时候,已经有五六个人等在那里。有站着的,也有在地上盘了腿坐着的;有男的,也有晒得红黑红黑的女的。这些人彭老蒯认识,那是他媳妇娘家的人,有他媳妇的两个哥哥两个嫂子,也有他媳妇舅家的表弟。

彭老蒯知道这些人是为什么来的,这几天他已经招待了好几拨这样的亲戚,有自己的亲戚,也有儿媳妇娘家的亲戚,有的亲戚连他自己也不知道是从哪里冒出来的。他把牛拴在门口的树上,把他们让进了屋。彭老蒯坐在凳上,点了烟袋锅,一口一口地抽,只抽烟不说话。他不需要说话,这时候他只要听就可以了。于是,那些亲戚便你一言我一语地说起来,说着说着就吵,无非是一些陈芝麻烂谷子的事。比如他媳妇的爹娘死得早,是哥哥嫂子把她养大的;比如他媳妇小时候穿的衣服,都是她舅舅一家救济的;等等。这些人因为谁的贡献大的问题吵得很厉害,彭老蒯觉得很滑稽,他抬眼看看墙上媳妇的画像,觉得媳妇的画像竟有了羞愧的样子。彭老蒯觉得对不起媳妇,一起过了大半辈子,他心里还一直想着顺英,这事儿媳妇心里明镜似的,却不捅破这层窗户纸，也就是因为如此，才有了他彭老蒯安安稳稳的日子。想到这里，彭老蒯决定补偿给媳妇的娘家，算是求一点心安吧。他磕了烟，清了清嗓子，说："你们莫争了，我给你们娘家八万块钱，你们回去商量一下怎么分，商量好了写个字据。改天跟我到储蓄所取钱，就莫再烦我了。"彭老蒯这样一说，那些亲戚安静了一会儿，随后又嘀咕，问能不能再多给点儿，一条人命十八万呢，咋就只给个零头儿？彭老蒯说："嫁出的闺女泼出的水，给你们八万就不错了，要是还不知足，这八万也不给了，你们有本事就要我这条命吧。"那些亲戚就不说话了，离开屋子回家商量去了。

晚上，彭老蒯随便煮了些面吃。家里冷清清的，吃啥也没胃口。他把牛牵到院子里，拍拍牛背让牛卧了，自己搬了凳子在旁边坐了，看天上明晃晃的月母。

月母还是那个月母，还散发着银黄的光，铺在树叶上、柴垛上、水缸里，还像一把把碎碎的银子。在彭老蒯的记忆里，月母总是这样，一点儿没见老，还和他小时候一样年轻。在大灾之前，望台村也是这样的，从小到大，彭老蒯都没看出望台村有丝毫的变化，早晨的牛粪味儿、晚上的柴火香似乎从他小时候一直飘过来。人老了，村子却没老，那些味道也没老，该腥的腥、该呛的呛。望台村就像人身上长着的一块沉默的癣，温暖且有丝丝的痒。这痒也是不变的，彭老蒯小时候痒，老了也痒，就在右胯以下，有巴掌大的地方，痒得让人心安，让人踏实。在深圳打工的时候，这癣有一段时间不痒了，彭老蒯觉得像丢了什么似的。可一回到望台村，这癣又重新痒起来，还是那样一根丝一根丝地痒，和小时候一样。所以，彭老蒯喜欢望台村，喜欢没有丝毫变化的望台村。

望台村是什么时候变的呢？兴许是村边上来了打井的吧。彭老蒯不知道，那时候他在深圳，不在望台村。等他回来的时候，一切都发生了。人死了，牛粪味儿、柴火香也没了，他身上那块癣却死命地痒了起来。不是丝丝的痒、温暖的痒，是灼热的痒、烦乱的痒，痒得人心里静不下来，痒得人夜里睡不着觉。痒得连梦都变了，彭老蒯真是失望得很。

彭老蒯靠着牛心里舒服了些，这牛现在是望台村唯一的一头牛，这牛能给他带来过去的味道吗？

正想着，院门一开有人进来了，走近了彭老蒯才看清是个女的。这女子年轻，比大发的媳妇还要年轻，也长得俊俏，比顺英年轻的时候还要俊俏。只是这女子身上多了些什么，或者说少了些什么。彭老蒯说不清。

"老板，晚上回不去了，在你这儿留一夜吧。"

"那咋成，孤男寡女的？"

"嘻嘻，"女子笑着说，"孤男寡女才好做事啊。"

彭老蒯就觉得脸上烧得慌。见老蒯没说话，女子向前走了两步，一只手搭在他的肩膀上，五根指头顺着捏。彭老蒯觉得那只手带了电，把他浑身都电麻了，把他浑身的血都点着了，烧得他心里难受。这时候，牛"哞哞"叫着站起来，横在彭老蒯和女人中间。彭老蒯一下子清醒过来，对女人说："去找别的人家吧，我老了，不中用了。"说完，牵着牛向西屋的牛栏走去。女人走了，到院门口还掉头说："老板，啥时候想了，找我啊，守着一堆钱不花，那不成傻子了？""傻子"被女子轻飘飘地吐出来，彭老蒯听着觉得怪怪的。

3

早晨很早就有人敲门。

哐哐，哐哐，门被拍得山响。

一般来说，望台村这样拍门的人只有一个，就是彭永福。说实话，彭老蒯不喜欢彭永福。出事儿那夜，彭永福就在家里，他没管老婆、儿媳妇和小孙女，一个人跑了出去，捡回了一条命。他很自私，自私这话不是彭老蒯说的，是彭永福在外打工的儿子说的。那天他们爷儿俩吵了起来，好险动了锄头。事后彭永福解释说，当时他也蒙了，光知道跑了，就忘了家里还有别人。等他想起来往回跑的时候，外面的警察拉着他不让回去，他也没办法，最终断送了老婆、儿媳妇和小孙女的性命。不过这样的解释他的儿子不认可，说那是孙女他才想不起来的，如果是孙子，他就是丢了自己的命也不会不管。这话彭老蒯相信，自从儿媳妇生了个女孩儿，彭永福就没有过好脸色。

　　彭永福爷儿俩第二次发生争吵也是当爹的错。彭瘸子把女人领回家后，彭永福也待不住了，照葫芦画瓢地也领了一个白白胖胖的闺女。儿子一气之下和彭永福分了赔偿款，一个人到城里打工去了，临走的时候说再也不认他这个爹了。彭永福倒无所谓，照样和那胖闺女黏黏糊糊的。儿子的事也给他找了个借口，有亲戚来要钱，他就说钱都被儿子拿到城里了，愣是一个子儿也没往外吐，弄得亲戚们闹了好几天，把他家的锅都砸了。

　　彭永福进了门就嚷嚷说："知道不，彭三宝疯了？"

　　"咋疯了？"

　　"鬼知道，反正是疯了。"

　　彭老蒯蹬上裤子跳下炕，和彭永福一起出了门。对彭老蒯来说，彭三宝是他们家的救命恩人。彭大发小时候在水渠边玩，不小心掉进了渠里。当时，渠里水大，在地里干活的彭老蒯发现儿子没了跑到渠边，大发已经被水冲得没了踪影。他沿着渠追了大半天，也没能追到儿子，便号啕着回家叫人一起找。他前脚到家，彭三宝后脚就来了，背上背的正是彭大发。当时大发耷拉着手脚，在彭三宝的背上一荡一荡的，彭老蒯还以为儿子死了。可等他接过来才发现，大发只是睡熟了。彭三宝说他从集上回来，在下游的闸上看到水里冲下来一个人，就跳进水里捞了上来，捞上来一看竟是大发。他给大发控了控水，大发就醒了，身上一点儿伤也没有，好得很。他就把大发背了回来。彭老蒯千恩万谢，让媳妇取了二十块钱答谢，可彭三宝死活不要，湿漉漉地回了家。因为这件事，彭三宝那厉害的媳妇把他好一顿数落，连晚饭都没让吃，说三宝为了救人把从集上买的东西都泡坏了。这话传到彭老蒯耳朵里，便叫媳妇把钱送了过去，又赔了些好话，彭三宝的媳妇才有了笑脸，放过了彭三宝。

　　大发长大后窝窝囊囊，做事一根筋，全然没有爹娘的灵气，彭老蒯就怀疑儿子是被那场水把灵气冲走了。但凡有点灵气，那夜闹灾时，他也能跑出去。可他一手抱着闺女，一手挽着大肚子媳妇，背上还背着小脚的娘，结果谁也没跑了，一块儿死在了路上。想起这件事彭老蒯就骂儿子傻，但骂归骂，心里还是疼得紧，那个时候，换了是他也不能自己跑，一个是娘，一个是媳妇，一个是闺女，都连着心，丢下谁能舍得呢？

　　那夜闹灾时，彭三宝也不在家，他让媳妇支使到县城去找娘家舅讨活计了。可那娘家舅不认他这个穷亲戚，连门都没让进，彭三宝怕媳妇骂他，在县城的大街上溜达了一夜，结果却保住了性命。

　　彭老蒯和彭永福赶到彭三宝家的时候，院子里已经聚集了十几个人。有两个本村的，剩下的都是彭三宝的亲戚，其中就有他媳妇在县城的那个娘家舅。自从赔偿款下来，这些人一直住在这里，闹闹哄哄的。前天彭老蒯来过，认识这些人，也曾劝彭三宝拿出点钱把这些人打发了算了。可彭三宝不答应，任凭彭老蒯怎么说，他只是坐在炕上摇头。彭老蒯也没办法，自从有了赔偿款，哪家不是亲戚盈门？都一样，谁有高招呢？

彭老蒯挤进去，见彭三宝依旧坐在炕上，两手握着菜刀，怀里抱着个粗布口袋，哈哈哈哈地笑着。

彭老蒯问："咋回事？"

那娘家舅说："三宝护钱护疯了，不相信俺们这些血肉至亲，也不相信银行，一个人偷偷摸摸把钱用口袋装了藏在房梁上。昨下半夜，袋子从梁上掉下来，把俺们这些人吓了一跳，不知道是啥鬼东西。俺们刚要捡，三宝就从炕上跳下来，一把把袋子抢在怀里，随手抄起了菜刀，对着俺们嚷：'谁要我的钱，我就要谁的命！'你听听，为了钱连我这个舅都不认了，寒心啊！"

彭老蒯没理会那娘家舅，对着彭三宝说："三宝啊，我是老蒯啊。"

彭三宝看了他一眼，举起菜刀嚷嚷说："谁要我的钱，我要谁的命。"说完看了看怀里的袋子，哈哈哈哈地大笑了两声。

彭三宝看来真的疯了，以前说话都不敢高声的一个人，如今却挥舞着菜刀，一副耀武扬威的样子。彭老蒯被眼前的阵势难住了，他让彭永福到村里找几个人，找一张网，再给乡派出所打个电话。彭永福转身出去了，彭老蒯看着一会儿笑一会儿骂的彭三宝，心里有种说不出的难受。

彭三宝已经是这些日子望台村疯了的第二个人了。第一个是彭大拿。彭大拿家里赔了三十多万，这家伙觉得钱搁在储蓄所不放心，觉得三十多万元就那么一张折子不过瘾，就自作聪明把钱都取了出来，用塑料布封了，在墙上打了个洞藏了进去，又在洞口贴了年画。他觉得自己做得神不知鬼不觉，但他瞒得过人，却瞒不过老鼠。老鼠是最贪钱的，钱的香味在夜里能传出去很远，人闻不到，狗闻不到，老鼠却能顺着香味寻过来。结果没几天钱就招来了老鼠，很快就被老鼠啃得只剩下碎片了。

彭大拿在家里地上发现碎片的时候还没在意,以为是风吹进来的,接着他在炕上也发现了碎片,在墙上发现了被咬坏的年画。彭大拿就急了,撕开年画往里掏,掏来掏去,钱没掏着却掏出了数也数不清的碎片。这些碎片花花绿绿,每一片都是钱身上的鳞。而眼前只有鳞,没有钱。彭大拿一下子疯了,他吐着血,举着锄头一下一下向墙上挖去,挖了一个洞,又挖了一个洞,挖了一堵墙,又挖了一堵墙。没有人能拉住他,没有人敢靠近他。就这样,他一边挖墙,一边吐血,没过多久就死了,疯死了,累死了,吐血吐死了。

彭大拿这件事后,原先把钱藏在家里的人偷偷跑到储蓄所把钱换成了折子。人怕老鼠,有了贼和强盗可以拼命,可有了老鼠却是想拼命也没处拼的。但彭三宝没换,依旧把钱藏在家里,这个大胆的人啊,如今挥舞着菜刀,高声笑着、喊着,这个窝囊了一辈子,一辈子在媳妇面前低三下四的人,如今终于能够痛痛快快地骂了。

过了一袋烟的工夫,彭永福带着几个人拿着网来了。又过了一袋烟的工夫,乡派出所的人开着警车来了。彭老蒯向警察介绍了情况,又说了自己的想法,随后叫人两头扯紧了网,向彭三宝身上兜过去。

彭三宝被警察捆好,连人带钱塞进了车里,领头的警察对彭三宝的亲戚们说:"你们商量一下,看谁当彭三宝的监护人,商量好了到派出所一趟。"说完,发动警车一溜烟走了。

彭老蒯他们也走了,只剩下彭三宝的亲戚们为了监护人的事在院子里吵,吵着吵着彭老蒯就听到了打斗声,但谁都没回头,那是别人的家事,他们回去又有什么用呢?

庄稼,庄稼。

庄稼是彭老蒯心里最大的一块病。病能等几天再治，药能等几天再吃，可这庄稼却等不得，等不起。现在，玉米熟了，正眼睁睁地等着人们去收、去请。请回了玉米，还要把麦种请进地里。这样，来年才有盼头。可现在，赔偿款闹得人们忘记了庄稼，忘记了庄稼的农民还是农民吗？

带着这块心病，彭老蒯吃完了晌饭，套了牛车，一甩鞭子出了门。

望台村的地不多，人均不到八分，而且零零散散，近的出村就是，远的要跑出去好几里。在这些地里，彭老九家的地侍弄得最好，四四方方，平平整整，只是离水渠远点。每次灌溉时，彭老九都要提前好几天打沟子、起垄子，一旦接上了水，白天黑夜地不能离人，彭老九就白天黑夜地守在地里。有了这份心，他的庄稼就长得旺，收的粮食就比别人的多。可现在彭老九死了，留下个逆子平安，在爹娘的遗像前耍钱，糟蹋了那些庄稼。

彭老蒯家的地远，要翻过一道坡儿，拐过一道弯儿，穿过一片林。站在他家的地头上，能看到顺英安在照台村的家。

过去，十八台十八个村子，顶数望台村穷。望台村上百户人家，顶数顺英家的日子难过。这事儿孩子们不懂，他们照样爬树掏鸟窝、撒尿和泥弹子，照样围着村东的疯寡妇唱："东家梁，西家房，疯寡妇穿不起花衣裳；西家房，东家梁，疯寡妇养不起苦翠娘……"每当这时，疯寡妇便跟着孩子们拍着巴掌一起唱，惹得孩子们前仰后合地笑。那时候，这成了村里孩子们集体的游戏，起初家里的大人还挡着，时间久了，也就没人再管了，都在忙活着填肚子，谁还有心思管一个疯子和一群孩子呢？直到那天出了事。

那天，现在的彭老蒯，那时的彭小蒯依旧和村里其他的孩子们围着疯寡妇唱，他们拍手、转圈、大声地笑，疯寡妇也拍手、转圈、大声地笑。笑着笑着，疯寡妇突然把顺英抢在怀里，嘴里喊着苦翠、苦翠，然后抱起顺英向村后的山坡上跑去。当时没有大人在场，孩子们吓傻了，等听到顺英惊恐的哭声，彭小蒯才领着伙伴们追了上去。他们追到崖边，见疯寡妇抱着顺英不停地说："苦翠莫怕，苦翠莫怕，娘在呢，娘在呢。"孩子们不敢动，怕疯寡妇抱着顺英跳下去。要知道，疯寡妇就是因为闺女苦翠从这崖上掉下去摔死了才疯的。小蒯喊："放下顺英。"伙伴们也跟着喊："放下顺英。"疯寡妇很迷惑，说："不给，她是苦翠。"小蒯说："不，她是顺英，她不是苦翠，苦翠早死了。"伙伴们便跟着喊："她是顺英，她不是苦翠，苦翠早死了。"孩子们的喊声连绵，疯寡妇真的疑惑起来，扳着顺英的小脸看，边看边说："你不是苦翠，苦翠呢？我的苦翠呢？""苦翠掉到崖下摔死了。"小蒯上前一步替顺英回答。疯寡妇明白了，丢下顺英，一回头跳了崖，边跳还边喊着苦翠的名字。那喊声在过了许多年后还在小蒯的耳蜗里响，等小蒯变成了老蒯，那喊声也没有停止过。

　　顺英被疯寡妇吓坏了，脚一落地就瘫了下去。小蒯跑过去把她抱了起来，在伙伴们的簇拥下回到村里。就是从那个时候起，他就知道顺英的身上很香。几天后，他把这一发现告诉了顺英，央求顺英再让他闻闻，顺英依了他，并说啥时候想闻都行。以后的事儿顺理成章，他们慢慢地大了，一直相好着。等到了岁数，老蒯就央求爹娘到顺英家提亲，结果顺英爹娘没答应，说孩子小，再等等吧。谁知道没过多久顺英就出嫁了。

　　顺英嫁到照台村的时候，彭老蒯就躲在自家的地头上边看边哭。那时候他还是不更事的小伙子，不懂得压着、含着、藏着、掖着，听着照台村清清亮亮的唢呐声和噼噼啪啪的鞭炮声，看着村头上黑压压的嬉闹的人群，他疯狂地在自家的地里冲来冲去、杀来杀去，糟蹋了不少庄稼。庄稼有什么错呢？那时候他不知道,他就是想杀,最终用胳膊砍倒了一根又一根的玉米,把胳膊杀出了血,才停了下来。因为这场杀,爹扇了他两记耳光,骂他不知道庄稼金贵,娘在一边不说话,只一个劲儿地抹眼泪。

自顺英嫁到照台村后,彭老蒯就有事没事泡在地里,结婚前是这样,结婚以后还是这样。爹临死的时候说:"断了那念想吧,和你媳妇儿好好过日子。"娘临死的时候说:"娃都这么大了,该放下的就得放下吧,有的事儿不能在心里拴一辈子。"爹娘说的时候,彭老蒯顺从地答应着,可末了,还是有活儿没活儿地往地里跑。媳妇儿起初不在意,后来久了,听了别人的闲话,也品出了一些味道。但媳妇不说开,不捅破,到死也没提过顺英一个字,只是老蒯下地的时候她也下,老蒯打草的时候她也打,形影不离地,倒给两个人落了个恩爱的名声。

彭老蒯和顺英家的地紧挨着,他在地里经常能见到顺英,两人匆匆地看上一眼,竟看出了些心跳,尤其顺英的丈夫病死以后,顺英看他的眼神就更浓了,有时候甚至有些大胆,看得老蒯连着几个晚上睡不好。大发长大成人后,媳妇儿放松了对老蒯的看管,老蒯老了,老了还能做什么出格的事呢?这样,老蒯有时候就能同顺英说上几句话,问她过得好吗,问她孩子咋样,说这些年她一个人带个孩子,苦了她了。顺英则说还好呢,又说那时候对不起老蒯,是爹娘逼着嫁的,想寻死都没成呢。这样,两个人就越谈越拢、越说越近了。后来,老蒯在自家的玉米地里抱住了顺英,顺英呜呜地哭,老蒯慌乱地抚着她的背。外面,风将玉米叶子吹得沙沙响,像无数的小虫在爬。老蒯的身体里也有小虫在爬,爬到腿上,爬到背上,爬到关节上,一直爬到心里。小虫在老蒯身体里爬的时候,顺英的儿子来了,他叫望贵,比大发大三岁,比大发高一截。望贵这小子真有劲儿,一拳就把老蒯打得撞断了好几根玉米。要不是顺英抱着儿子的腰,老蒯那天可能真的跑不出自家的玉米地了。

彭老蒯担心了好几天，生怕望贵来村里闹，损了他的名声。他是一个多星期后才又下的地，又见到了顺英。顺英哭着说，望贵挡着呢，来生再见吧。这话吓了老蒯一大跳，没来由地想起了疯寡妇跳的那个崖，心里便慌慌的。他看着顺英止不住的泪水，闻着顺英身体里飘出来的香，想：走吧，走得远远的，走到看不到人影、闻不到香味的地方去。他就是在这一刻决定外出打工的，之前有人约他，他心里挂着顺英，都回绝了。彭老蒯让顺英莫多想，莫苦了自己，又说了自己的打算。顺英说啥时候决定走了，我去车站送你，远远地看上一眼也好。老蒯指了指不远处的一棵树，说有了信儿，他就放在那棵树的石头底下。顺英点了点头，哭着走了。

望台村遭了这么大的灾，顺英的娘家却一个人也没死，顺英的哥哥、顺英的嫂子、顺英哥哥的孩子全都跑了出去，一家人完完整整的。但如此也就没有了赔偿款，成了望台村少有的穷户。由此，全家平安的兴奋并没有持续多久，很快便因贫穷黯淡了下来。于是他们把地包了出去，一家人灰溜溜地到县城打工去了。听说望贵因此很是埋怨了一些日子，怨自己没摊上富亲戚，一点儿油水也没捞到。

彭老蒯来到地头上，把套卸了，把牛拴了。
旁边照台村的庄稼已经收得差不多了，他见顺英、望贵、望贵媳妇儿仨人正一捆捆地往外抱玉米秸。顺英没看到他，望贵也没看到他，他看着自己原封没动的庄稼突然有些自卑，似乎忘记了自己的看家本事，对着厚得无法穿越的玉米林子竟然不知道如何下手。他想念过去，过去望台村这边的地也一定是一片杀声，望台村和照台村似乎比赛一样，看谁的杀声高，看谁的镰刀快。而现在，望台村的杀声没了，继而响起的是麻将声、扑克牌声、色子的旋转声和女人的尖笑声。这让他在照台村人的面前无法抬起头来，让他愧对眼前这些被他们冷落的玉米，以及秋天。秋天是该忙碌的，是该杀声四起的，该拼命的。但现在，都被淹没了。

在他发呆的时候，望贵不知道什么时候发现了他，并走了过来。

"彭大爷，干啥呢？有那么多钱，还贪这些庄稼做啥啊？"

望贵的态度让彭老蒯很惊讶，他叫老蒯大爷，说话温和，态度和蔼，和当初那个抡着拳头的望贵相比有很大的偏差。

"庄户人呢，不要庄稼咋成？"

"这么大一片，一个人咋忙得过来，等我弄完了，来搭把手。"

"那咋成，那咋成，你们自家的地还没弄利索呢。再说麦还没种下，忙不过来的。"

"嗨，客气啥，咱谁跟谁啊，你和俺娘的关系，十八台哪个不知道？都是自家人呢。"

望贵这么一说，彭老蒯的脸上就挂不住了，磕磕巴巴地说不出话来。那边在地里干活儿的顺英许是怕望贵难为老蒯，便喊望贵回去。望贵走的时候笑得很暧昧，让老蒯心里一抽一抽的。望贵走后，老蒯见顺英还在看着他，心里就有些温暖。刚刚望贵的话虽刺耳，但也说了实话，这么一大片地，他自己是侍弄不过来的。现在望台村有了钱，劳力却少，人少不成事，没人要钱干啥？他琢磨，是得找几个帮手了，可秋里谁都忙，到哪里找呢？他琢磨来琢磨去，一锅子烟抽完了才想出了办法，雇，雇人收秋。这法子说起来丢人，但总也是个办法吧，总比把粮食瞎在地里强。

这样想着，他走进了顺英家的地里。

"来了？"顺英把一捆玉米秸抱进牛车里，抬眼看了看儿子，拍着衣裳问。

"来了。"老蒯顿了顿，磕磕巴巴地说，"我，你看，那片地，我一个人……"

"彭大爷，有啥话就说，又不是外人。"望贵扭过头，笑嘻嘻地说。

彭老蒯和顺英的脸上都有些发烧。

"是不是要我帮忙啊，没说的，只要俺娘点头，我就去搭把手。"

"不，不是。"老蒯更加磕巴了，"我，你看，你这里也挺忙，我是想，雇、雇几个人。"

"雇人收秋？"顺英放下脸，弯腰抱起了一捆玉米秸，不咸不淡地说，"是啊，你现在有钱了，是大老板了，可不得雇人吗？"

望贵一听倒来了兴趣，问："咋个价钱？"

"五、五十吧，就不知道有没有人干。"顺英的几句话说得老蒯心里很不是滋味。

"咋没人？回头我给你找，明天就开始干，完了事你把钱给我，我来发。"望贵很痛快地说。

"要你多事？咱自家的活儿还没干完呢。"顺英冲着望贵说。

望贵嘻嘻一笑："又不是外人，彭大爷家的事，我这个当侄子的还能不用心？"

看儿子没正形，顺英一生气走了。望着顺英的背影，老蒯有些后悔，寻思一定找个机会解释解释。

这样，雇人收秋的事就定了下来，彭老蒯又套了牛车，晃晃悠悠地回了村，一路上耳朵眼儿里都是顺英那句不咸不淡的话，脑子里都是顺英气呼呼的面孔。他们俩从小就相好，彭老蒯从没见顺英发过火，挖苦过人。可今天这是咋了呢？

4

　　望台村的早晨静得让人担心。鸡在那一夜都死光了，没有了鸡叫的早晨是无法把人从睡梦中拎着耳朵叫醒的。所以，那个男人和那个女人在大街上喊了许多声后，也没有人开门出去看看怎么回事。兴许有人听到了他们的叫喊，但没有人在意，人们晚上太忙碌了，忙碌得对白天的事情都没有啥兴趣了。

　　彭老蒯是在男人和女人趴在窗户上狠叫了两声后才醒过来的。昨晚他想了一夜的顺英，也顺便想了想望贵，他想不明白这娘俩的态度，直到睡进梦里也没想明白。在梦里，他听顺英说望台村正浸泡在毒气里，所有的人都会被这毒气变成怪物。顺英很着急，急着让老蒯逃出去，说再不逃就晚了。老蒯捂着鼻子向外跑，周围无数的怪物想抓住他。他跑啊跑，终于跑出了村子。他松了一口气，这时望贵冲过来，猛地一拳，老蒯飞起来，又飞回了村子中央的大街上。他想站起来，可晚了，他的四肢收缩，身体膨胀，变成了一个球形的巨大怪物，并不受控制地飘了起来，飘进了灰暗潮湿的毒气深处。

　　这时，窗前响起男人和女人的叫喊声。

　　推门进来的两个人彭老蒯叫不上名字，但知道是彭学问家的亲戚。闹灾的时候，彭学问两口子都死了，就活下来一个九岁的闺女，叫春儿。彭老蒯不知道那夜彭学问一家到底发生了什么，搞不清为啥小孩子反而活了下来，两个大人倒一起丢了性命。一夜之间春儿变成了孤儿，这样大的打击在人们的想象里一定无法承受，但春儿这孩子不同。爹娘出殡的那天，春儿连一滴眼泪都没掉，其实也不仅仅是泪，她甚至没说一句话，要知道，过去这孩子是爱说、爱笑、爱唱、爱跳的。她不说话，也不哭，只紧紧地抱着一个掉了一条腿的布娃娃。这娃娃是她爹赶集的时候捡来的，是望台村所有孩子的唯一的布娃娃。当时有人看不下去，想让春儿哭几声、叫几声，他们把春儿的布娃娃抢了过来，扔在棺材前。还有人抱紧了春儿，说："春儿，你哭，你叫爹叫娘，就给你娃娃。"春儿挣扎着，但还是没有哭也没有叫，反而咬了抱她的那人的手冲了出去抢到了娃娃。于是，人们说这孩子怕是傻了，怕是招了邪了。

彭老蒯很烦彭学问家的亲戚。办丧事儿的时候，人们专门找了这些亲戚，可这些亲戚一怕让他们出钱，二怕要负担春儿这个累赘，到出殡的那天一个也没有来。后来赔偿款下来，春儿是孩子，钱先由乡里保管，说找到了监护人再转交。这些亲戚一听到这消息，立马苍蝇般地围拢了过来，男的女的、老的少的齐上阵。这家的姨说，俺俩小子就缺个闺女，早前就和学问两口子商量说把春儿过继过来，正打算办呢；那家的舅说，俺闺女和春儿差不多大，正好做个伴儿，也省得春儿孤单不是；这家的姑说，春儿打小俺就稀罕，到了俺家，俺就当菩萨奉着，到头来考个大学嫁个好人家，也对得起俺那死去的哥；那家叔说，俺不看中钱，俺就是图春儿这孩子机灵，死了那么多人，这孩子活了下来，不机灵能这样……这些亲戚从村里吵到乡里，又从乡里吵回村里，先是吵后是骂，然后就动手开始厮打，打得天昏地暗，仿佛多大的仇似的。后来，他们打累了、骂够了，就在学问家里住下了，有了打持久战的意思。老蒯曾经去过，看过那里的形势，屋子里满满当当的，有的从家里带了米，有的从家里带了面，你生火，我做饭，白天各吃各的，晚上在地下铺个席子，各做各的美梦。而春儿还是像以前一样，怀里抱着布娃娃，不说不闹，不哭不笑，一个人坐在炕上，对这些亲戚的表演一点儿观赏的意思也没有。

起初，彭老蒯怕春儿受委屈，吃不上睡不上。他去了几次，见那些亲戚怎么吵、怎么打，对春儿却好得很，做了东西都往春儿的眼前摆，到了晚上都争着给春儿铺炕，有时候为了这点权利，竟不惜打得眼也青了，嘴也肿了，头发也掉了。看到这些，老蒯放心了不少，所以对两个亲戚一大早火烧火燎地闯进来，就有点摸不着头脑。

"春儿跑了！"那一男一女一进门就说。

"跑了？咋跑的？"

"谁知道咋跑的？早晨我们一睁眼，炕上就没人了。"

"娃娃呢？"

"啥娃娃？"

"春儿抱着的那个布娃娃啊，缺了条腿的那个？"

"也没了。"

"不是你们哪家亲戚把春儿偷着抱走了吧？"

那一男一女听彭老蒯这么说立时一愣，没等老蒯反应过来，便你扯我我扯你掉头跑了。

彭老蒯觉得这事儿蹊跷，也跟了出去，赶到学问家。学问家里已经打成了一锅粥，你指责我偷了春儿，我指责你偷了春儿，场面乱得不可控制。

"都别打了！"彭老蒯站在门口吆喝了一嗓子。他在顺英和望贵面前调门儿高不起来，在望台村，他的自信心还是有的。随着这一声喊，学问家的亲戚们平静了下来。

"你们跟我说实话，有谁抱走春儿没有？"

彭老蒯这么一问，人群里又叽叽喳喳起来。

彭老蒯一摆手说："实话告诉你们，即使你们中有人抱走了春儿也没用，监护权懂吗？见不到春儿全是屁话，不但要春儿在场，你们这些亲戚也都得在场才成，那得上边一家一家地调查才成,得签字画押,要不然,偷了春儿也没用,不但没用,还得坐牢,吃官司。"彭老蒯说这些话的时候觉得自己像个乡干部,其实他也不懂监护权,在他的理解中,监护权就是给春儿再找个爹娘,既然是找爹娘,那就不能偷、不能抢,偷了、抢了就得坐牢吃官司。

在来之前,彭老蒯确信一定是这些亲戚谁偷走了春儿,所以他不着急。他边说边观察每一个人的表情,想从中找到春儿的下落。但很快,他失望了,他因这种失望而焦急起来。从这些亲戚的表情中,他知道,春儿真的丢了。于是,他让亲戚们分头去找,自己则跑到村里挨家挨户地叫人,不管人们愿不愿意,都走出家门四处找了起来。这样,望台村在大灾之后第一次集体行动,是为了一个叫春儿的女孩儿。

春儿丢了,真丢了。人们翻遍了四周的田地、林子和山坡,都没找到春儿的影子。在找春儿的这些人中,彭学问家的亲戚们是最积极、最认真的,因为这些人知道找到了春儿意味着什么。至于村里其他的人,彭老蒯则觉出了冷漠的应付。他想不通如今的人都怎么了。过去,别说是丢了个孩子,就是丢了头牛、丢了只羊,村里人也能把方圆几里的犄角旮旯翻个底儿朝天。而现在,人们在一条人命面前走着过场。难道是因为那个灾难他们见到的死人多了,麻木了,还是因为别的什么?彭老蒯想不通,只觉得心里一阵阵发冷。

春儿丢了,彭老蒯想象不出这个九岁的孩子和她的布娃娃如今藏在什么地方。她在和人们玩藏猫猫儿吗?过去这孩子是很喜欢藏猫猫儿的,一有空就缠着学问两口子陪她玩。那时候她爱说、爱笑、爱唱、爱跳,说长大了要当歌唱家、当明星。望台村的那场灾,不但夺了她爹娘的性命,也把春儿的魂儿夺走了,这朵鲜亮的花变成塑料花了,不说不闹、不哭不笑,只有看到那个缺了条腿的布娃娃时,她的眼睛深处才有点暖色。彭老蒯想不通,他们这些大活人难道还不如一个缺了条腿的布娃娃吗?

彭老蒯心里发冷,没由头地想到了另一个女孩子——苦翠。

春儿丢了,学问家的亲戚们情绪很激动,不知道春儿没了,那些赔偿款怎么办。他们吵吵着往乡里走去,像群嗡嗡叫的苍蝇。

春儿的事儿让彭老蒯心里很难受,连着打了几个喷嚏,身上立时起了层鸡皮疙瘩,仿佛感冒了一般,一阵阵地发冷。他已经有很多年没感冒了,已经忘记了这世界上还有感冒这档子事儿。他自己心里清楚,好端端的怎么会感冒呢?他没有感冒,只是被村子里的某种气味呛得难受。这样,彭老蒯套了牛车出了村,翻过一道坡儿后才舒坦了些。

前面有一片青草,这节气,难得这草还能青、还能嫩,像逆着日子往回长,看着让人稀罕。他让牛停了,卸了套,把牛牵到草里,让它自由地啃,自己也在草里坐下来,抽出烟袋锅儿,一口一口地往肺里嘬。嘬了一会儿后,他觉得有啥地方不对劲儿,仔细想想,又想不起什么。

不远处,一条河弯曲过来,水面上懒洋洋地漂着一层薄薄的油花,不知道从哪儿冲过来的。他仔细地梳理着这些日子发生的一切,毒气、死尸、哭、赔偿、空空的学校、坟、楼房、遗像、要钱、女人、喜事、庄稼、疯子,仔细地想着这些日子里的人,死去的家人、杨老师、老九、春儿的爹娘,活着的平安、瘸子、彭永福,疯死的彭大拿和没疯死的彭三宝,抱着布娃娃的春儿,那些密密麻麻的亲戚,忙碌的喜鹊张,还有顺英、望贵。这些人、这些事儿随着彭老蒯的烟吧嗒吧嗒一个一个地跳出来,各说各的话,闹哄哄的,闹得让人安稳不下来。彭老蒯想不明白,那场灾难后望台村还是望台村吗？自己还是自己吗？

这样一问，彭老蒯就觉得自己不是自己了，哪个地方不对劲儿了。地里的庄稼还没收，他竟闲得坐在这里吧嗒吧嗒地抽烟，这样的自己怎么会是自己呢？过去，这个时节人是闲不得的，莫说闲，就是喘口气也得紧赶着，生怕耽误了什么似的。那时候，人人都得做出拼命的架势，跟庄稼拼，跟老天爷拼，跟日头拼，拼倒了玉米，拼翻了土地，拼散了麦子，拼得大地整个翻了个身。那时候，学校里的老师学生放了假拼，外出打工的人请了假拼，十八台的男女老少都在拼，哪还能坐在这里吧嗒吧嗒地抽烟呢？彭老蒯想，自己变了，变得不是自己了，就像梦里顺英说的那样，自己也被毒气毒了。莫说人，就是草也不是草了，地上的草还青着、嫩着，像逆着日子往回长，今天小媳妇，明天大闺女，日子整个颠倒了。还有那牛，这时节的牛哪还能这样干干净净？哪还能啃一口抬一下头地悠悠闲闲地吃，连反刍都不用了？

这样想着，彭老蒯立即手掌撑地爬起来，掌心里温温的、热热的，仿佛这地下埋着一团不停燃烧的火。

半路上，他遇到了望贵。望贵老远就扬着胳膊，一口一个彭大爷地喊。不知道为什么，望贵这样喊，彭老蒯总觉得有些心虚。

"彭大爷，是去地里吧？"

"嗯，我去看看能不能搭把手。"

"我看你老是不放心吧？"望贵笑着说，"我正想去找你呢。"

"咋？没人干？"

"不是不是，人有的是，正干得红火呢，只是……"

"只是啥？有难处就说，不行再加点钱也成。"彭老蒯说完这句话，觉得自己真的变成老板样子了，他有些警觉，为自己口气的变化而不自在。

"不是钱的事儿,你知道我娘,她那脾气……"

"顺英咋了?"

"也没咋,就是不太欢喜,对我爱搭不理的,老念叨,说人有了钱就变了,就变得不是自己了,念叨来念叨去,连饭也吃不下。"

听了望贵的话,彭老蒯没言语,他心里很乱,在乱里面还有一点点酸。

望贵接着说:"彭大爷,你看这样子成不成,你和我娘也是老相识了,又都单着,心里咋想的,我们这些做小辈的都知道,她怕你有了钱变心,我看你不如去掏掏心窝子,兴许她就高兴了,我们做小辈的也支持,你们老了老了也有了个依靠,都美满呢。"

望贵的话让彭老蒯吃惊不小,他甚至怀疑,这还是那个挥舞着拳头冲过来的望贵吗?是啥让他想开了?说实话,彭老蒯心里一直想着顺英,想了大半辈子,过去有顺英的丈夫、自己的媳妇在那里挡着,他只能暗暗地想,现在那两个苦命的人都不在了,他就敢明明白白地想了。可想归想,还不敢说出来,他怕,怕望贵凶神恶煞的拳头,也怕自己媳妇坟上的土还没有干,说出来会遭报应。老人说坟上的土没晒干就谈婚论嫁不吉利,可望台村这些日子,有多少喜事忙着张罗呢?又有谁等着坟上的土完全晒干呢?如今,望贵的拳头突然变成了欢迎的手掌,彭老蒯倒有些迷惑了,他不知道该为这样的变化欢欣雀跃,还是该怎样。他说不清,想不透,一时间顿在那里。

见彭老蒯没说话,望贵怪怪地问:"你不会也想娶个大闺女吧?那能好好过日子?还不是冲着钱去的。"

"哪里哪里,我哪里有那混账想法?"

"没有最好,要不然吃亏上当的是你,到头来绿帽子也戴了,钱也没了，到哪里买后悔药去？"望贵见彭老蒯没有表态，心里有些不悦，说话的口气也变得硬朗起来，"彭大爷，话我是说到了，怎么想怎么做是你的事儿，可不能怨我这当小辈的不孝顺，拦着你们。"

说完，望贵转身走了。看着他的背影，彭老蒯心里七上八下的，也没有了去地里看看的心思，便掉转牛车，往家里走去。

晚上，喜鹊张扑棱着翅膀闯了进来，一进院子就一连串地喊着："累死了，累死了老蒯，快给我口水喝。"自她保媒把顺英嫁到照台村后，她很少登彭老蒯家的门，即使来了，也会收敛些，全然不会像今天这般毫不见外。

彭老蒯给她扯了条凳子，倒了杯水。水热，喜鹊张等不及，自己跑到水缸前拿起舀子咕咚咕咚地灌了半舀子凉水，灌完了一屁股坐在凳子上，又把凳子向前拖了拖，贴近了彭老蒯说："知道姐为啥来不？"

"还能为啥，我可没心娶啥大闺女，作不起那孽，享不了那福。"

"瞧你说的，当姐的能不知道你的心思？有了大闺女也不敢往你这儿领。可话说回来了，你老蒯可真是个死脑筋，放着送上门来的黄花闺女不要，心里还惦记着旧情儿。不过，当姐的佩服，这说明啥？说明咱老蒯兄弟专——。"

"啥旧情儿？可莫胡说。"

"顺英呗，你老蒯这多年的心思，十八台谁不知道？"

一提到顺英，彭老蒯不说话了，耷拉了头，不再看喜鹊张。

喜鹊张挺了挺身子，接着说："我知道兄弟为顺英的事儿怨我，可我有啥法子？那是人家顺英爹娘的意思，说是用闺女给儿子换亲，主家儿都瞄好了，我顶多也就跑个腿儿，结果惹得兄弟怨了我一辈子，我冤不冤啊？"

"冤不冤的都过去了，还提它做啥？"

"咋能不提？你老蒯心里的疙瘩解不开，当姐的也不安心不是？这事儿过去不能提，过去你有家，她也有家，隔着千山万水，不敢提，也不能提。现在成了，她寡妇一个，你光棍儿一根，顺理成章了不是？只要你老蒯有心，姐给你提去，权当姐给你俩赔个不是，连跑腿儿钱都免了。"

"都这把岁数了，再提该让孩子们笑话了。"

"笑话啥？许他年轻人放火，就不许咱上了岁数的人点灯？到哪儿也说不出这个理儿去。"喜鹊张说着向前贴了贴脸，神神秘秘地问，"知道这事儿谁提的？"

"谁？"

"望贵。"

"望贵？"虽然早有预感，可当这名字从喜鹊张的嘴巴里蹦出来的时候，彭老蒯还是觉得有点突然。

"可不是咋的，这孩子孝顺，知道他娘心里咋想的。望贵这边不拦着，这事儿就八九不离十了。我从年轻那会儿就给人牵红线、做大媒，还从没见过这么开明的孩子，别说十八台，就是外头那些吃公家粮的，你打听打听，有几个孩子给自己爹娘提红媒？有了望贵这样的孝心，你到头来也有个依靠不是？"

彭老蒯不说话了，没点头也没摇头，喜鹊张说不摇头就算答应了，说顺英那边的事儿凭她去说，让老蒯等好信儿。说完一步三摇地走了。

本来，彭老蒯做梦都想和顺英过在一起、在一个锅里吃饭，在一个炕上睡觉，点一盏灯、耕一块地。这梦他做了大半辈子，现在这梦就快成真了，他却一点儿也高兴不起来，反而有些忐忑。他打死也想不到让这梦成真的人会是望贵。望贵曾是他和顺英中间一座无法翻越的大山，如今，这山却变成了一座桥，这变化太突然，突然得让人不安。彭老蒯不知道喜鹊张说了这件事后顺英会怎么想，对儿子这样突然的变化能不能接受得了。他想，该找个机会和顺英聊一聊，探听探听顺英的心思，这是两个人的事儿，不商量咋成？打定了这主意，彭老蒯就一心盼着日头早点儿从村东的水渠里爬出来，他在炕上翻来翻去，一整夜连点儿困的意思都没有。

5

天刚蒙蒙亮的时候，彭老蒯就锁了门，离开了望台村。他没有牵牛，而是步行去的。走在路上，一枚鲜鲜的大太阳湿淋淋地弹出来，照得脚下的土路、路两边的田、田上面的天都年轻了不少。彭老蒯觉得自己也年轻了不少，心跳得很有劲儿，扑通、扑通，像是被重槌擂响的鼓。

他翻过一道坡儿，拐过一道弯儿，穿过一片林，就看到了自家的玉米，玉米大部分已经被放倒了，对此，他很满意。对面顺英家的地里没人，彭老蒯觉得很奇怪，按理说这时候人们都在拼着，地里咋连个人影都没有呢？他一边琢磨一边向照台村走去。

顺英家就在村头上，绕过一棵粗大的垂柳，就能看到她家的院子。这院子彭老蒯只是远远地望过，从没有到跟前来过。现在站在院子边上，他能听到村子里狗的叫声，能看到院子里四处觅食的鸡，能闻到还没有散尽的柴火的香气，心里便温暖、便亲近、便感动、便羡慕，觉得这才是村庄的样子。过去望台村也这样，可现在变了，一点儿生机都没有，有的只是烦乱。望台村被毒气夺走了，夺走了命，也夺走了魂。

顺英不在院子里，望贵媳妇蹲在地上弯腰拿着半块砖打磨着铁锹上的泥锈，望贵则立在院子中央，双手掐腰，向屋里高声斥责着："……我看你就是自私，一点儿不为我们这些当小辈儿的着想，管你吃管你喝，你啥时候管过我们的死活？年轻的时候不检点，老了也糊涂，钱有啥不好？告诉你，这事儿你答应也得答应，不答应也得答应，我看俺爹活着的时候打你打少了，毛病！"

望贵媳妇儿也抬头帮腔说："可不咋的，又不是啥丢人的事儿，总比偷偷摸摸儿钻人家庄稼地的强，喜鹊张那边望贵把媒钱都付了，足足八千呢，到头儿来谁能想到在你这里卡了壳，望贵也是为你好，难不成还坑你咋的？"

望贵接茬儿说："俺们也不废话了，这家还是我说了算，等过了秋就把你嫁过去，不信你能反了天。"

很显然，望贵两口子训斥的人是他们的娘顺英。彭老蒯听不下去了，推开院门闯了进去。望贵见到彭老蒯脸上立即堆了笑，说："彭大爷来得正好，俺正和俺娘盘算你们老俩口的事儿呢。"彭老蒯没理望贵，径直走进屋里，望贵急忙跟了进去。

早晨的光进不来，屋里有些灰暗。顺英半坐在炕沿上，不停地啜泣着，泪水填平了满脸的沟壑。这是彭老蒯第一次走进这间屋子，第一次在这间屋子里见到顺英。那年，顺英被抬到这里时还是个梳着长辫子的姑娘，现在她老了，鬓角的头发已经白了。彭老蒯的心像被什么扎了一下，一阵一阵地疼。他一点儿迟疑也没有，上前就拉住了顺英的手，像年轻的时候那样。

"走，跟我走。"彭老蒯坚定地说。

顺英摇着头，向后拽着身子。望贵在身后搭茬儿说："娘，彭大爷稀罕你，嫁过去算了。"

听了这话，彭老蒯松了手，扭头对望贵说："你先出去，我有话跟你娘说。"

望贵乖乖地转身走了出去，顺手带上了门。

屋子里只剩下他们俩，多少年，他们都梦想着有这么一天，现在真的有了，却没有了想象中的甜蜜。

"顺英，刚刚在外边，望贵的话我都听到了，这些年苦了你了。"彭老蒯靠着顺英坐下，重新把顺英的手握在自己的掌心里。

"苦啥啊，都过来了。"顺英也平静了下来，虽然脸上还挂着泪珠，但已经不再啜泣了。

"昨天喜鹊张找我提了，我想听听你的意思。"

"你呢，你咋想的？"

"我咋想的你不知道？我做梦都想把你娶过去。"

"你真不知道望贵的想法？"

"他不就是贪点钱吗？孩子们穷怕了，贪点钱也没啥。"

"我就是想不通，当姑娘那会儿，俺爹娘为了给俺哥换亲，硬生生地拆散了咱俩，把我嫁到了照台；现在老了，儿子为了钱，又逼着我往回嫁。你说，我啥时候做过自个儿的主？到头来，都是为了人家，我冤屈啊。"顺英说着，又呜呜地哭了起来。

彭老蒯怜惜地搂过顺英的肩，缓缓地说："我知道你有一肚子冤屈，知道你心气儿高，可咱俩都等不起了，都入土大半截了，你不能让我空等一辈子啊。"

"我是怕嫁了你就坑了你，你不知道望贵的想法，他可不是要一点儿半点儿，这孩子狠着呢，到头儿来你用一家子的命换来的钱，都得让他贪了去。"

"他再狠能狠到哪儿去？大不了多给他点，咱俩多少留点就够了。你嫁过去咱俩单过，过一年也是福分不是？"

顺英还想说啥，彭老蒯没给她机会，高声吆喝望贵进来。他和顺英的事儿就这样定下了。望贵很高兴，彭老蒯走的时候，他一直送出去很远，并答应老蒯把顺英伺候好了。那样子，倒真像一个听话的儿子。

定下了和顺英的事儿，彭老蒯一身轻松，到家门口的时候，见到自己那些来要钱的亲戚态度也和蔼了许多。他问他们都商量好了，他们说商量好了，并把签了字的分配协议拿出来给老蒯看。彭老蒯对协议不感兴趣，怎么分也是八万块钱，跟他老蒯有什么关系呢？他没进家门就带着亲戚们到了乡里的储蓄所，让他们打了收条，取了钱给了他们。亲戚们高高兴兴地走了，彭老蒯又卸下了一桩心事。

　　彭老蒯没在乡里多留，买了一瓶酒、切了半斤猪头肉就往回赶。家里出事后，他还没喝过酒、没吃过肉，现在他心情不错，就有了喝酒的念头。

　　望台村里很热闹，离得老远他就听到了尖锐的警笛声，这声音很刺耳，把人扯得紧绷绷的。彭老蒯不知道出了啥事儿，急忙进了村，见大街上站了些人，都一问三不知地竖着耳朵听。这时，大喇叭里有人用很粗的嗓子喊话，叫人们都到村小学的操场上去看公审大会。公审大会？这可是个新鲜玩意儿，在望台村还是头一遭，人们于是放下手里的牌，松开抱在怀里的大闺女，纷纷走出家门向村小学涌去。

　　昔日孩子们读书的地方如今被许多警车包围着，彭老蒯到的时候操场上已经聚集了许多人，有村里活下来的人，也有外来的陌生面孔，甚至有那些死去的人的亡灵。公审大会，这百年难得一见的盛事在吸引着活人的同时，也吸引着这些不太安分的鬼魂。彭老蒯同他们一一点头，杨老师面色沉重，在一间间教室里飞来飞去，想找到一两个学生，彭老蒯说："莫找了，都走了，有了钱谁还读书呢？"杨老师就瘫在了地上，薄得像一张纸。彭老九弓着身子，像拉着一副犁，彭老蒯觉得他苍老了许多，看他张着嘴说不出话来，就安慰说："别说了老九，我知道，庄稼是吧？以后没庄稼了，你的地修路了，修柏油马路，能跑小汽车的那种。"彭老九听到这话哆嗦起来，哭得昏天黑地的，彭老蒯怎么劝也劝不住。彭学问还是那样，文质彬彬的，像赶考的秀才，他在人群里找，扳过这个人的脸看看，扳过那个人的脸看看，越找越心急，灰灰的脸上竟有了些煞气，彭老蒯拉住他说："春儿丢了，找不见了。"彭学问嘭的一声跳起来，跳到了屋顶上，狂叫着飞走了。自己的媳妇走过来，哀怨地扯彭老蒯的袖子，老蒯心里酸，低声说："我和顺英的事儿你别怨我，顺英的命也苦，等她过来，我们俩一起去给你烧纸。"听了这话，他媳妇转身飘走了，一会儿就消失在了人群里，不见了。彭老蒯还见到了许许多多故去的人，他同他们说话，打招呼。当然，这些话是在心里说的，那些活着的人是听不到的。

主席台上的高音喇叭响了，人群和鬼群开始骚动，随着一句有力的喊声，主席台一侧的警车上押下来两个人，彭大胡子和他的媳妇。这两个人，望台村的人和鬼都认识，活着认识，死了也认识；烧成了灰认识，剁成了肉酱也认识。

他们终于等来了报应。

彭大胡子长得五大三粗的，却是个手艺人，手艺是骟猪，是祖上传下来的。彭大胡子拿捏得好，刀快，心也快，骟得麻利、干净，经他骟的猪个个膘肥体壮，在十八台没有不认识他的，都恭恭敬敬地叫他一把刀师傅。凭着这手艺，彭大胡子的日子就比别人过得殷实，平日里喝点小酒、哼点小曲，很是滋润。但人都有不顺心的事儿，彭大胡子不顺心的事儿在香火上，他媳妇看着像是个旺子的样儿，可谁承想一连两胎生的都是闺女。彭大胡子酒喝不下去了，曲儿哼不出来了，整天唉声叹气、愁眉苦脸的。为了这事儿，彭老蒯曾经劝他想开点。可彭大胡子不认命，顶着挨罚的危险，又在媳妇儿肚子里埋下了种。这种好，发芽、拔节、抽穗，到生下来一看，果然是个带把儿的。彭大胡子一块石头落了地，虽然罚了个倾家荡产，但心里痛快，酒喝不起了，曲儿却哼得越来越响亮。没过几年，他的曲儿却哼不出来了，原因是这个带把的儿子有残疾，三四岁了还不会说话、不会走，浑身软绵绵的没骨头，连坐都坐不住。本来彭大胡子两口子还抱着一丝希望，以为孩子发得晚，兴许再过上几年就没事儿了。可两年过去了，四年过去了，孩子长到了二十啷当岁，依然不会说话、不会走，吃喝拉撒全都在炕上，成了彻头彻尾的瘫子。对于这件事，村里就有了不好听的说法，说彭大胡子干的就是断子绝孙的活儿，这是报应。这话传到彭大胡子耳朵里扎人得很，他拿着刀跑到村中央的大街上骂，说要是查出是谁烂嚼舌头，就一刀骟了他。

那时候彭老蒯觉得彭大胡子两口子很不容易，两个闺女嫁出去了，像泼出去的水，指望不得。老两口儿拉扯着瘫儿子，不是一天两天，也不是一年两年，一拉扯就拉扯了二十多年，不离不弃的，也算仁义。

听人说，闹灾的那天夜里，彭大胡子两口子听到了动静就动了私心，手拉着手跑了出去，独把瘫痪的儿子丢在了炕上。等他们回来后以为儿子死了，推了推、搡了搡，竟发现儿子活得好好的。俗话说大难不死必有后福，这事儿当时在村里传得很神，没有人不知道的。没过几天，上面就派人来说赔偿，让每家每户上报死亡人数和家禽畜生的死亡数目，说是要核查。有人在交表的时候，发现彭大胡子家的表上填的是死亡一人，就觉得奇怪，说这表填错了，他家没死人。上面的人很重视，便叫人去调查，调查的人来一看，彭大胡子没说谎，他儿子的确死了，死尸还躺在床上。村里的人虽然觉得奇怪，但那时候大家各忙各的，谁也顾不上搭理彭大胡子家的事儿。

本来这就完了，剩下的该赔多少赔多少。没想到，第二天就来了警察，把彭大胡子两口子都抓走了，还带走了他们儿子的尸体。这一走彭大胡子两口子就没再回来。有消息说他儿子当时根本就没死，是彭大胡子听说了赔偿的事儿，和媳妇一商量用被子把儿子给捂死了。传这消息的人说得有鼻子有眼儿的，村里人也就相信了，都骂这两口子蛇蝎心肠。现在，这蛇蝎心肠的两口子被五花大绑地押在主席台上。彭老蒯看不清他们的脸，他俩的头向下耷拉着，脖子上的骨头像是被人抽走了，没有半点力气。主席台上坐着乡干部和其他不认识的更大的干部。随着一个人在高音喇叭里的很有威严地讲话，杀子骗赔偿款的消息得到了证实，人群和鬼群一阵阵骚动起来，有的鬼魂按捺不住，飞上主席台扯出了彭大胡子和他媳妇的魂魄，又有几个鬼飞上去，把那两个人的魂魄撕得七零八落。彭老蒯震惊地看着这一切，在两个人没被宣判之前，他们的魂魄已经死了。彭老蒯发现，他们丢失了魂魄后，身体立即灰暗起来，一点儿没有了活人的样子。

　　看到这里，彭老蒯转身离开了操场，之前想喝酒吃肉的兴奋，都被公审大会给搅没了。

　　回到家里，彭老蒯的心还在怦怦地跳着，甚至在点烟的时候手都在发抖。那头新买的牛还干干净净地卧在院子里，对刚刚发生的事情浑然不觉。自己为什么买牛呢？买了这头牛后，他没有让它干一天的农活儿，充其量是陪他出去遛遛弯儿、散散步，这和买一条宠物狗又有什么区别呢？他甚至雇人收秋，自己只出钱，连地的边儿都不用沾，这多气派。他想不通，他想不通的事还有很多。

　　顺英来了。这很奇怪，自打顺英出嫁后，她还是第一次走进这个院子。

顺英突然出现让彭老蒯心里有些慌乱，这慌乱该是一种喜悦。他急忙把顺英让进屋，急忙给她递了毛巾、倒了水，然后不知所措地站在顺英面前，全然没有了早晨在顺英家的从容。

"来了？"

"来了。"

"来了就好。"

说完这几个字，两个人都不知道接下来该说啥话了，停顿在那里。在这停顿里，彭老蒯再次闻到了顺英身上的香，这香虽然没有年轻时候浓了，却更有味道了。彭老蒯禁不住耸起了鼻子，把那不易觉察的香贪婪地吸进了自己的肺里。那香在他的肺里缓缓化开，融进了血里，他的血狂躁起来，向一个地方冲过去。彭老蒯已经很多年没有这样的想法了，他有些尴尬，想要掩饰，于是在屋子里走来走去，边走边向顺英介绍他临时想到的一些计划。

"等你嫁过来，这儿，我打算买个柜子，柜子里全是你的衣裳，城里人穿啥咱穿啥。还有，这儿，得竖一面镜子，大镜子，让屋里明晃晃的，炕也不要了，咱买张床，带海绵的那种，软和和的，能陷进半拉身子……"

彭老蒯说着说着声音就低了下去，因为他看到顺英流泪了，两行泪，安静地从顺英苍老的眼窝里流下来。

"咋了？"彭老蒯走过去，握住顺英的手。

"老蒯哥，我不能嫁给你。"

"咋又不能了呢？早上不都说好了吗？"听了顺英的话，老蒯有些急，一转身站了起来，见顺英还流着泪，心又软了，重新坐下捉住顺英的手，"出啥事儿了，是不是望贵那小子反悔了？"

"不，不是，是我自己不想嫁。"

"为啥？咱俩等了大半辈子了，好不容易有这样的机会，咋又不嫁了呢?"

"老蒯哥，对不住了。"顺英抹了一下眼，语气变得坚定起来，"你走了后，我寻思来寻思去，觉得这辈子不值，当姑娘那会儿听爹娘的，当了娘又得听儿子的，他们一个个都有自己的小算盘，拨弄来拨弄去，谁把我当个人？"

"都这岁数了，还赌这口气干啥？"彭老蒯想劝劝顺英，但刚一开口就被顺英截了回去。

"我凭啥不能赌口气？凭啥不能自己做回主？放在过去，我做梦都想嫁给你，不图钱、不图利，就图你这个人，就是钻庄稼地让人家戳脊梁骨我也愿意，可现在，我嫁给你，心里总是不踏实。"

"有啥不踏实的？我还是我，你还是你。"

"不一样了，现在嫁给你，人家会说我是为了钱。"

"管人家咋说，咱过咱的日子，我心里清亮就成。"

"可我不踏实，那钱是你媳妇、儿子的命换来的，他们可都眼巴巴地看着呢。"

顺英这么一说，彭老蒯就没法劝了。这一天，他一直沉浸在与顺英的事儿上，他喜悦、兴奋，有些忘乎所以，他没有考虑过那些死去的人的感受，即使在公审大会上，他见到媳妇的亡灵时，也只是有些心酸，并没有过多的愧疚。

顺英又说了几句就起身走了，彭老蒯没出门送她，他的心被顺英搅乱了。

彭老蒯离开家走进村西的杨树林子。每当心情无法平静的时候，他总会来这里，看看一座座新坟，闻闻一阵阵土香，心里的事就能慢慢地放下。

在这里，他看到了平安，平安跪在爹娘的坟前泣不成声。彭老蒯没打扰这个年轻的后生，只静静地听。平安说："爹，娘，我对不起你们，你们用命换来的钱我都输光了，我再也没有脸在这里待下去了，我走了，到城里打工去了，等我混出个人样儿来，再回来给你们烧纸磕头。"说完，平安磕了三个头，爬起来穿过树林，向远处走去。

彭老蒯本来想叫住平安，但最终没有，任凭他的背影消失在林子的另一端。

林子里重新安静了下来，风含着水汽在树间沙沙地穿行，把人的神经洗涤得清爽、畅快。光穿透舒展的叶子射进来，在林中形成一道道光柱，分隔出一个个明亮的格子。在一个格子里，彭老蒯看到一个缺了条腿的布娃娃，他走过去，在一棵树的后面见到了春儿清澈透亮的大眼睛。彭老蒯拉住春儿的手，两个人缓缓地走出林子。

不远处的望台村罩着灰蒙蒙的雾气，不远处的天边乌云正缓缓地聚集，是该下一场彻头彻尾的雨了。

开满紫花的长廊

1

孟三喜一直觉得自己命好，而且不是一般的好，是心想事成的那种好。

刚下火车那会儿，水锁他们几个在车站广场上看着从出站口涌出来的人潮，头都大了，只有孟三喜是欢喜的。他指着不远处高耸的楼群说："看，多高，多漂亮，像不像咱们家里的红高粱？"水锁没好气地说："像个×，找不到活儿干，楼再高有×用？"孟三喜碰了一鼻子灰，也不恼，继续看着他的"高粱地"，看着看着，就觉得自己这根高粱也会在城里扎根拔节，举起通红的穗子来，心里就偷偷地笑了。

孟三喜笑得有底气。刚辍学那会儿，爹找了个算命的瞎子给他占了一卦，说他命里带金，大富大贵，还说他的风水在西南五百里。孟三喜找人问了，说西南五百里不是别处，正是省城。打那以后，孟三喜睡觉的时候就多了一个梦，梦里有秋庄稼般的楼，有羊群般的车，还有一条开满紫花的长廊。他甚至梦到了一个姑娘，城里的姑娘，靠着长廊的藤，向他频频招手。

孟三喜为什么要梦到长廊呢？他甚至都没见过长廊的样子。

可他觉得，城里一定要有长廊的，没有长廊，城市怎么能算城市呢？孟三喜想：长廊应该就和黄瓜架差不多，只是不开黄花，长廊怎么能开黄花呢？长廊应该开紫花，紫气东来嘛，自然是要开紫花的。孟三喜确定了，是一条开满紫花的长廊，他要像藤一样，在城里开心地向上爬。可他为什么要梦到姑娘呢，而且是城里的姑娘？孟三喜想不通，想不通心里也高兴，谁不想梦到姑娘呢，而且是城里的姑娘？

有了这个梦，孟三喜就等着、盼着杀秋，杀了秋他就到城里去，做根开心的藤。杀秋是最辛苦的事，一眼望不到边的高粱地、玉米地等着人们杀过去，高粱、玉米反抗着，用锋利的叶子和人们拼杀，从日头升杀到日头落，杀得人直不起腰。直不起腰也要直，杀完了玉米、高粱，还要接着杀回来，把麦子杀进土里。孟三喜觉得这个"杀"字用得好，以前他最怕杀秋，可现在他盼着杀，杀完了就能去城里了，所以杀秋的时候，孟三喜心里一直唱着歌。

孟三喜命真好，杀秋后没几天，水锁就来家里叫他了。爹娘也没阻拦，只对水锁说："三喜呆头呆脑的，劳你这当哥的多照应。"

站在车站广场，孟三喜觉得他们就像刚刚孵化出来的小鱼，什么都想啃一口，什么都想碰一碰。他想碰碰不远处一个卖地图的，来到城市，没张地图怎么成呢？他刚要过去，一股"水"冲过来，就把他冲走了。"水"，孟三喜觉得自己的比喻很妥帖，这么多人朝一个方向走，可不就是水吗？他是乡下的水，还带着乡下的烟火味儿，向城市涌来。孟三喜想发个感慨：让我们把城市淹没吧。可他刚一挥手，就被水锁推了一把，就被"水"一样的人冲走了。

水锁不是小鱼，虽然他大不了几岁，可有过打工的经历，就不是小鱼而是大鱼了。现在大鱼锁着眉头，一副忧国忧民的样子。孟三喜觉得好笑，想劝劝他，比如车到山前必有路之类的，可"水"太急，也太挤，这话在舌头尖上溜了好几遍，也没说出来。

这股"水"在城边上一个庞大的蜘蛛网面前分流了，蜘蛛网是纵横交错的许多小胡同，胡同两边是房子，有平房，也有楼房，不是那种很高的楼房，是两三层的那种，顶层大多是临时搭建的。刚刚还庞大汹涌的"水"流，到了这里就没了踪迹，似乎每条胡同都有一根粗大的吸管，每根吸管都连接着一个巨大的胃。孟三喜他们在一个胃的皱褶里找到了住处，这是两层的楼，虽然破旧，但楼就是楼，站在二层的窗户边，能看到很远的地方。第一次住楼的孟三喜，心里又多了一份快乐。

晚饭后，水锁交代了几句，就独自出去了。其实不用交代，孟三喜他们也不会走出去，这里的胡同太多了，他们这些初来乍到的小鱼怕迷失在错综复杂的"水道"里，怎么敢出去呢？夜漫上来，远处灯光如海，看得孟三喜一阵激动，他突然想起小学时读过的一篇课文，叫《小鲤鱼跳龙门》，心想大概就是这样的场景，就觉得自己是跳过龙门的小鲤鱼了。

很晚，水锁回来了，眉头锁得更紧了，见大家眼巴巴地望着他，就说："张老板的工地封了，另外两个老板没联系上，明天咱们得自己找活儿干了，凭运气吧。"听了这话，大家就呆了、愣了，接着长吁短叹起来。孟三喜憋了半天没憋住，说："怕啥，车到山前必有路。"说完看没人搭腔，便拉开被子躺了，心里暗自嘲笑：经不起风浪的小农民！

2

城里哪来这么多车啊？走在大街上，孟三喜见车头衔着车尾，车尾扫着车头，就想后车吃前车的屁呢，想着他就乐出声来。水锁目不斜视地在前面走着，临出门的时候，他说要带大家到劳动力市场看看，看来他真的很着急，走得很快，孟三喜来不及看清路边招牌上的字，不得不加快脚步赶上去。孟三喜想，等有机会自己一定慢慢地逛逛，把城里所有的招牌都念上一遍。

前面是座桥，拱桥，远远望去，像趴在地上的乌龟壳。孟三喜喜欢桥，在家的时候，他经常趴在村头的木桥上，看河水里游弋的鱼。而城里的桥下大多没有水，没有水就没有鱼，只有来回穿梭的汽车。孟三喜想，站在桥上看汽车一定很有意思。他小跑着向桥上奔去，把水锁他们甩在后面。

在他左前面不远的地方，一辆三轮车吃力地向上爬，像爬在龟背上的一只甲虫。这只甲虫快要爬不动了，孟三喜能听到绷紧的链子嘎巴嘎巴的脆响。孟三喜有点担心了，担心甲虫没等爬到桥顶，这链子就会从某一处断裂，把满车的桶装水一起抛到桥下去。孟三喜伸出双手托住甲虫的屁股，前腿弓，后退蹬，撅着腚向上推。等到了桥上，孟三喜绕到前面，才看清了蹬车人的模样。是个清瘦的老头，说老头也不确切，似乎年龄没那么大，但当这个年轻的老头儿喘了口粗气说"谢谢"的时候，孟三喜还是叫了声大爷。听了这样的称呼，老头儿好像很满意，边摁了闸慢慢地向桥下溜，边和孟三喜聊着，知道孟三喜还没找到工作时，老头儿说："我们那里前些日子招工哩，跟我去看看吧。"

孟三喜高兴极了，等水锁他们赶上来，一起跟着老头儿拐进了一个大院子。

这是家医院，正对大门的门诊楼上有一个巨大的红十字。跟着老头儿，他们依次经过了影像楼，办公楼，病房一号楼、二号楼，最后在一排白色的平房前停下来。一路上，孟三喜看到了悠闲散步的病人，看到了穿着白大褂的医生和护士，看到了深秋依然绿葱葱的树，心里有种说不出的平静，甚至感到了一丝神圣。

老头儿停好三轮车，去敲门，一会儿打门里出来一个穿西服的人。老头儿对他说了些什么，边说还边用手指着孟三喜他们。说完了，老头儿推起三轮车向边上一座房子走去。孟三喜看他推得吃力，便上去帮他。老头儿说："你傻啊，那是我们领导，找工作你得找他谈，这里要不了多少人，你不去，活儿就让别人抢跑了。"孟三喜呵呵笑着，不搭腔，把车推到那房子的门前，就动手解绳子，又和老头儿一起，把车上的水一桶一桶往房里扛。工作的事，孟三喜不操心，为什么操心呢？有水锁呢，谈好谈坏，是水锁的事。他也不怕活儿让别人抢跑了，一起出门的几个人，谁干不是干呢？

扛完了水，孟三喜见水锁他们还围着那个领导，就走了过去。听那人说："工资就这么多，我也要不了你们这么多人，别在这里耽搁了，快去找活儿吧。"孟三喜知道没谈拢，可这又有什么呢？他们到城里不过一天，有什么好担心的呢？他看到水锁的脸沉得厉害，就想劝劝他，还是那句"车到山前必有路"的话，孟三喜一直相信这句话，为什么不信呢？

他们沿着来时的路往外走。路上，大家都不说话，孟三喜觉得沉闷，就想活跃一下气氛，便扯开嗓子唱。孟三喜唱得好，在学校的时候，都是他起歌，在地里干活干累了，也唱，村里的人都爱听，水锁也爱听。可现在水锁不爱听了，他刚唱了一句，水锁就骂："唱个×，没心没肺的玩意儿！"孟三喜觉得水锁不像个城里人，城里人怎么能说脏话呢？他有点看不起水锁了，又觉得该找个机会帮助水锁，要让水锁知道城市是个讲文明的地方，不能整天骂人，没素质。

孟三喜不唱歌了，就往两边看，他就是在这个时候看到长廊的。在病房一号楼的西边，一截长廊露出了小半，孟三喜能看到蜿蜒的褐色的藤。他没看到叶子，叶子都掉光了，也没看到紫色的花，但孟三喜还是一眼就认出了它。"长廊！长廊！"他喊着，像喊着一个人的名字。

孟三喜不往前走了，他要留下，他央求水锁让他留下。水锁说："一个月才三百块，在城里喝西北风啊？"孟三喜说三百块也干。水锁见他铁了心，就领他去找了那个穿西服的人。这样，孟三喜就留下当了一名垃圾清理工。

孟三喜想：我命真好，不是一般的好，是心想事成的那种好。

3

清理不是清扫，每栋病房楼里都有几个专门负责清扫的人，她们扫地、拖地、擦门、擦玻璃，那才是辛苦活儿。清理不辛苦，只要把她们清扫出来的垃圾一袋一袋提到楼下的垃圾车里就成了，上午一次，下午一次，病人多了就多跑两次，上下有电梯，连台阶都不用爬。

这多轻松，跟杀秋比起来，孟三喜觉得这是天堂。杀秋不是天堂，杀秋怎么会是天堂呢？可孟三喜也不想说那是地狱，毕竟杀的是庄稼，是农户人的命根子。为了命根子，下地狱也是值得的。

每年杀秋前，爹娘总要搞一些仪式，不是那种烧香磕头的仪式，而是磨镰刀、搓绳子、喂牲口。做这些事的时候，爹娘一脸庄重，一副如临大敌的样子。其实不仅爹娘这样，全村的人都这样。学校放假了，外出打工的人回来了，大有全员备战的意思。最后，娘会做顿好吃的，孟三喜知道，这是犒赏三军，杀秋的时候到了。

那时候的天是被杀亮的，孟三喜一直这样认为。

他深吸一口气，向着一片玉米地杀过去。这是短兵相接，交战双方谁也无法幸免。很快，他就淹没在玉米阵里了。这些貌似弱小的士兵，实际上有着强大的杀伤力。孟三喜先是被露水浇湿了"铠甲"，杀秋是不能不穿"铠甲"的，要用长衣长裤把人罩起来，讲究的女人，还要用毛巾包住头发。不穿"铠甲"是要吃亏的，村里的人都知道这个道理。"铠甲"湿透了，玉米缨子、玉米花蕊，还有不知道名字的小飞虫就有了作用，它们沾在人身上，搔挠着人的神经，孟三喜觉得痒极了。

日头越来越毒了。孟三喜已经走进了玉米深处。他觉得自己被这些高他一头的绿色士兵围困了。它们肩并着肩、手挽着手，形成了一道道密不透风的墙，把风的路阻挡了。孟三喜仿佛跌进了一口黏稠的热锅里，汗水顺着毛孔不停地向外涌。他曾试图把袖子挽起来，可只一会儿，胳膊上便被玉米锋利的叶子划出了几道血痕。汗在这些血痕里找到了方向，孟三喜在疼痛和奇痒的交织中再次裹紧了衣服。

有时候，孟三喜觉得自己的腰再也直不起来了，腿再也站不直了。这时，他会跑到外面去，站在高处看看自己的玉米地。眼下是密密麻麻的玉米帐子，一眼望不到边，这时候，人很容易产生一种叫无望的情绪。孟三喜想，玉米最厉害的武器不是锋利的叶子，而是无法计算的数量。

这场拼杀可以用浩大来形容。全村的人都淹没在玉米的帐子里了，人和人之间隔着一道道绿色的墙壁，每一次拼杀都是孤独的。那些不会拼杀的孩子也是无法幸免的，大人把他们放在地头上。这样，有了孩子们此起彼伏的哭声，杀秋的杀味就更浓了。

孟三喜看到这些便有些感动，他深吸一口气，再一次钻进玉米帐子里。

想着杀秋，孟三喜就觉得垃圾清理不像干活，简直是享受。

孟三喜是很会享受的，每天睡觉前都把自己墨绿色的工装叠好压在褥子下面，早晨穿上还是笔挺笔挺的。他捡了一个小圆镜，经常对着镜子拔下巴上刚刚钻出来的嫩须子。水锁他们就经常笑他，说他像根嫩黄瓜。孟三喜也不气，说这是城市形象，往深里说是素质问题。

这时候，水锁他们也在建筑工地上找到了活儿，工钱比孟三喜多两倍。水锁曾叫他把医院的活儿辞了，跟他们一起干，孟三喜不同意。他看着他们每天蓬头垢面的样子，像钻出土窝的大老鼠，就觉得自己有责任改造这些农民兄弟，便经常给他们讲一些素质问题、目光问题和观念问题。往往他刚开讲，水锁他们就打起了呼噜，孟三喜就更觉得自己任重道远了。

孟三喜也操心，但他不是为钱操心，而是为了工作操心，用他的话说，是为了事业操心。他操心的事很具体，回收垃圾的时候，总有一些垃圾袋裂开，流出不知名的污水来。看污水滴滴答答砸在干干净净的地板上，孟三喜就很歉疚，觉得对不起病房楼内整洁的环境，对不起在这里工作的医生护士，对不起那些交纳高额医药费的病人，更对不起打扫卫生的桃子。

桃子是保洁工，负责一号楼六层的卫生。每次孟三喜去提垃圾，桃子都会拿着拖把跟在他后面，滴一滴，擦一滴，一直把他送出去。桃子从不埋怨，反叫他莫走得太急，说走急了会累的。

桃子真是个好姑娘，孟三喜想，桃子这样的人才是真正的城里人。得到这样的结论是因为一件事。桃子每天打扫卫生，时间长了，就和楼里的医生护士熟了，他们就常给她讲病房里的事。他们说六层住着个老病号，姓张，是个退休的教授。张教授的老伴儿半年前死了，儿子闺女在国外。处理完后事，儿子闺女想接张教授到国外去，儿子叫他去美国，闺女叫他去澳大利亚，都是好地方。可张教授不去，说不能把老伴儿一个人丢在这里。儿女拗不过，就给他雇了个保姆，回去了，他们也有自己的工作、自己的家，都有一大堆事儿抛不开。张教授对老伴儿好，白天到墓地陪着她，晚上到梦里陪着她，陪来陪去，就把自己陪病了，而且病得厉害，摔了个跟头就没起来，瘫了。

张教授的学生也是好样的。那些天，他的病房里摆满了鲜花，堆满了各样的水果和营养品。可学生们也忙，现在凡是有点想法的人谁能不忙呢？即使不忙，也要装出忙的样子来才行，要不然就跟不上别人的节奏了。学生们忙就不能经常来看张教授了，病房里渐渐冷清了。冷清了也好，病房不是接待室，要那么热闹做什么呢？可是冷清下来的张教授神志就有些恍惚了，经常莫名其妙地发火。保姆心里委屈，经常偷偷摸摸地哭。

桃子听说后就开始留意这个老病号。起先是留意，后来就帮着保姆一起照顾他。张教授不吃饭，保姆急得没办法，就叫桃子。桃子端着碗，装出很严厉的样子，说："吃，不吃打屁屁了。"张教授竟乖乖地张开了嘴，吃一口饭，看一眼桃子，那样子似乎真的害怕。张教授喜欢听故事，桃子不会讲，就给他念报纸。有些字不认识，桃子就念半边，把"歼"念成"千"，把"擎"念成"敬"，张教授大多是听不出来的，但也有听出来的时候，他就和桃子争，一副坚持真理的样子。在张教授的坚持下，病房里多了本字典，有了争论，就靠字典来仲裁。桃子还教张教授唱歌，唱"门前大桥下游过一群鸭，快来快来数一数，二四六七八"。张教授学得很认真，但经常唱错，唱成"二四五六七"，桃子打扫卫生不在病房的时候，他就一遍遍地练，"二四六七八"。

桃子真是个好姑娘，不仅孟三喜这样认为，张教授的儿女们也这样认为。他们听说张教授病了，就又回来了，看到父亲已经离不开桃子了，便要雇桃子做保姆，不是临时的，而是永久的，条件是让桃子给张教授养老送终，待遇是把桃子的户口办到城市，把张教授的房产留给桃子，桃子就可以成为名副其实的城市人。可桃子似乎并不高兴，她对孟三喜说，觉得对不起张教授原来的那个保姆。

4

桃子辞了保洁的活儿，专心照顾张教授。孟三喜找到穿西装的领导，把活儿揽下来，每月增加了一百五的工资。孟三喜想，牛奶会有的，面包会有的，一切都会有的，也许还能有个媳妇儿。孟三喜觉得自己想远了，就有点不好意思，他目前要解决的是垃圾袋漏水的问题。

那天，孟三喜下了班，走进一家超市，他几乎每天下班都会来这里。他是来看风景的，一次看饮料酒品区，一次看清洁用品区，一次看果品蔬菜区，他觉得超市里的风景真好，商品们一排排、一列列，像等待检阅的士兵。孟三喜就像首长一样从士兵的队列前走过，有的士兵歪了、出列了，他就伸手摆正，让它入列，还在心里批评这个不守纪律的士兵。这是一种没有成本的娱乐，在孟三喜看来，生活中的娱乐真是无处不在。

那天，孟三喜检阅的是玩具区。这里有装甲车方队，有女兵方队，还有各式的飞机、舰艇，孟三喜检阅起来就特别认真。在队列的边上，摆着两列方形的塑料箱子，孟三喜看了标牌，知道这叫玩具箱，也就是士兵宿舍和武器库。孟三喜很兴奋，这是个绝妙的主意：玩具箱半人多高，能盛不少垃圾；玩具箱密封，能彻底解决漏水的问题；玩具箱底下有轮子，能降低劳动强度；玩具箱有盖子，能避免垃圾的臭味外溢。有这么多优点，孟三喜能不买吗？即使看到三十元的价格心里发抖，也只是抖了一下，就毫不犹豫地买了下来。

水锁知道他买玩具箱的目的后狠狠地说了他一顿。孟三喜想水锁是为了他好，便不生气，脸上堆满笑容。他的样子惹恼了水锁，骂了几句脏话后便不再理他。孟三喜想他和水锁有了代沟，他把这命名为城乡差异。

玩具箱果然好用，只是塑料轱辘转动时声音大些。孟三喜改进了一下，在自行车修理摊上叫人给轱辘包了层胶皮，再推起来声音便绵绵的，很是惬意。现在，孟三喜知道了一句话，科学技术也是生产力，他想他的玩具箱符合这句话，心里美得很。没过多久，他的小革新竟然被推广了，穿西服的领导不仅给他报销了买玩具箱的钱，还在每一层楼都配备了这样的箱子。一看到这些箱子，孟三喜就有种很自豪的感觉。

干活的间隙，孟三喜有两件事情要做。第一件和桃子有关，就是讲课。不知道桃子用了什么方法，张教授的病竟慢慢地好了，已经能够在床上坐起来了。坐起来的那一刻，桃子和张教授欢呼起来，而且欢呼的声音很大，在医院安静的走廊里极为清晰。医生、护士、病人都涌向张教授的病房，孟三喜也去了，他看到桃子抱着张教授哭，张教授则一脸无辜的样子。这一刻，孟三喜想到了"胜利"这个词，他为这个词激动不已。后来，这个病房里的笑声便经常会从门缝里钻出来，钻到走廊里，钻进人们的耳蜗里。人们经常能听到他们的对话：桃子问吃啥，张教授说吃水蜜桃子，桃子说他是个不乖的坏老头儿。

能坐起来的张教授神志却愈发不清醒了，也许是教学教多了，总离不开课堂，在一次午睡后，他突然提出了一个要求，要在病房里开课。桃子想这老头儿可能做梦梦到课堂了，也没在意。以前张教授也曾提出过这样那样的要求，可没过一会儿，他自己就忘了。而这一次张教授记得很牢，牢到桃子不答应就不吃饭的地步，任桃子哄、吓都没用。没办法，桃子第二天去买了小黑板、粉笔、书和本子。桃子想：他想讲课就让他讲吧，这样，也许能恢复得快些。

桃子错了，张教授不是想讲，而是想听，和小学生一样听。桃子长这么大第一次当老师，而且学生是一名大学教授，这让她觉得很新鲜。她非常认真地讲课，讲得自己仿佛都回到家乡小学的教室里了。可只讲了一天，张教授就提意见了，他问："其他老师呢？"桃子问："啥其他老师？"张教授说："数学老师啊。"又问："怎么只有你一个语文老师呢？"桃子的头都大了，说："咱这是山区，只有我一名老师。"张教授就不干了，说桃子误人子弟。

孟三喜走进病房的时候被里面的布置逗乐了。病床上吃饭用的架子如今成了课桌，上面放着书和本子，张教授则戴着老花镜趴在上面一笔一画地写着作业。正对床的地方是一个柜子，柜子上的电视机已经被移到了窗前的茶几上，代替其位置的是一块黑板，上面歪歪扭扭地写满拼音。桃子递给孟三喜一张纸，说是张教授写的。孟三喜一看，是课程表，里面不仅有语文、数学，还有音乐、美术、体育等，最幽默的是竟然还安排了一节班务会。孟三喜看了一眼桃子，两个人不约而同地笑了。

桃子把孟三喜拉到床前，对张教授一本正经地说："这是新来的孟老师，以后就由他负责咱们班的数学教学工作。"张教授摘了眼镜举起右手行了个礼，很尊重的样子，让孟三喜感到脸上一阵阵发烧。

这样，孟三喜也给大学教授当上了老师。起初他很紧张，桃子安慰他说张教授目前的智力就和刚上学的小学生一样，随便讲就成。孟三喜就随便讲，讲不进位加减法，讲树上有七只鸟，飞走了一只，还有几只。张教授听得很认真，还时不时地举手提问，让孟三喜觉得很有意思。张教授身体刚刚开始恢复，不能坐久了，讲一会儿桃子就会弄响闹钟，然后说下课了。孟三喜就把书一合，推开房门走出去，去打扫卫生、收拾垃圾。

5

孟三喜要做的第二件事就是在长廊里思考。说是思考，其实就是静静地看藤绕上柱子，柱子撑起藤子。他循着长廊慢慢找，找这些藤的根，再沿着根找，找藤蔓延的手臂。这是极困难的一件事，无数手臂在高处集合，手握着手，臂挽着臂，臂上再生出新的手，手上再生出新的臂，纠结、纠缠，无始无终。有时候，孟三喜看着看着眼就花了，就从藤的缝隙里看到高处的蓝天、天下一角耸立的楼，就像是看到了那个梦，藤上便立即开满了紫花，藤下站了位姑娘朝他频频招手。

孟三喜命好，来这里上班的第二天就见到了这位姑娘。他确信是她，细长的眼睛、干净的眉毛，怎么能不是呢？她叫王雪，是这家医院的护士。

那天，孟三喜提着垃圾向外走。他走得急，那些滴滴答答的污水像根不停抽打的鞭子，打得他越走越急。然后，他撞上了一个人，把那人的本子撞飞了，人也撞到了墙上。孟三喜想说"对不起"，作为一个文明人，这时候是一定要说"对不起"的。可孟三喜没说，他被什么吸引了，是眼睛，是那人口罩上的一双眼睛。孟三喜不知道在哪里见过这双眼睛，他确信自己很熟悉这双眼睛，他挖空心思，就没说"对不起"。说"对不起"的是那个人，那个人弯腰捡起本子，对他说"对不起"。孟三喜还是没说话，他还在记忆中搜寻。随后，那人便走了。那人走了孟三喜还待在那里，要不是桃子用拖把碰了碰他，他不知道自己会待多久，手里的垃圾袋会漏出多少污水。

桃子说，她叫王雪，是这家医院的护士。

此后，每次孟三喜走进六楼，心里藏的小兔子就跳起来。他不知道为什么这样，也不想这样，便用手摁着，用气憋着。可小兔子不听话，越摁跳得越欢，越憋火力越盛，竟把孟三喜的脸跳红了。因此，六楼的医生护士都说他腼腆，腼腆得像个大姑娘。长这么大，孟三喜第一次被人说成大姑娘，便觉得自己没出息，再上六楼提垃圾的时候，便先在楼梯口做几下深呼吸，可一见到王雪，脸还是挡不住地红。他索性把头低下，脚下的步子迈得更快了，桃子叫都叫不住。

孟三喜是在梦里找到王雪的，他梦到开满紫花的长廊，王雪靠着长廊的藤，向他频频招手。

梦醒后孟三喜释然了，他甚至想，是王雪潜入梦中把他唤进城市的。这样的想法让他不再因为王雪的出现而惶恐。在之后的梦里，他和王雪回到了家乡，踏上了村头那座木桥。在桥下的水面上，王雪清澈的目光变成了两尾欢快的鱼。在咯咯的笑声里，他拉着王雪的手跑过木桥，跑进河对面的树林里。醒后，孟三喜的手心里还有润玉般的感觉，他放在鼻子下面闻了闻，似乎还有一丝香停留在那里。他想自己的胆子越来越大了，怎么敢拉王雪的手呢？

有了这个梦，孟三喜再到六楼的时候心里的小兔子安稳了许多。他开始希望能碰到王雪，开始想和王雪说话。可说啥呢？孟三喜没想好，他就思考，在长廊里思考。

长廊其实是一条路，也是一座桥。长廊怎么能是桥呢？它只是像桥，只是在一个小池里弯曲穿过的一条路。这条路是病房楼通往自行车棚的一条捷径，医生护士上下班大多经过这里。在这里待的次数多了、时间长了，孟三喜就看出一些规律来，不是人的规律，是藤的规律。这些藤看起来纠缠没有章法，其实有着严格的走向，谁往哪里爬都规定好了。有了这样的规律，藤便会均匀地分布在长廊上，均匀地享受着阳光和雨水，没有高低贵贱，没有城乡差别。

孟三喜为自己的发现沾沾自喜。他想清楚了藤，却没想清楚该对王雪说些什么。

其实不用他想，王雪主动和他说话了。

那天，他在打扫卫生。洗漱间的瓷砖不知道被他擦了多少遍了，亮得像面镜子。他把脸贴近墙面，倾斜着目光，希望还能从中找到几个污点。他一块块地找，把整个人都找进了瓷砖里。

"挺干净的了。"有人在他背后说。

孟三喜回头，见王雪冲他笑，心里突然紧张起来。王雪把手里的方便面盒扔进垃圾袋，又说："你挺有责任心的，这层楼被你打扫得一尘不染，我们都不好意思落脚了。"

这是对孟三喜的认可，是王雪的认可！

孟三喜心里一阵温暖，刚刚紧张的情绪瞬间化解了。他没接着说有关卫生的话题，而是拐了个弯儿。孟三喜日后想，自己拐得真是机智，既表达了关心，又不露痕迹，他都有点佩服自己了。

孟三喜说："王护士又吃方便面啊，这东西没营养，吃多了不好。"

"哦。"王雪说，"懒得做饭。"又说，"以后得少吃这东西了。"

王雪走后，孟三喜想，他的话起作用了，她不是说以后少吃方便面吗？这表明她采纳了他的建议，也了解了他的关心。孟三喜心里甜甜的，这种甜持续了很长时间，在给张教授讲课的时候，情绪还高昂着。

有些事情是很奇妙的，窗户一旦被打开，悦人的景色便会接踵而来。很快，孟三喜就有了第二次和王雪说话的机会。

那天，他给张教授讲完了课，刚进走廊就被王雪叫住了。

"三喜！"王雪叫的是三喜，而不是孟三喜或别的什么。这意味着什么？孟三喜还没来得及弄清这一称谓所透射出来的意义，就听王雪说："三喜，来吃香蕉，我们这里的香蕉都成灾了。"

孟三喜见王雪站在值班室门口，不知道自己该不该过去，或者说怎样过去，他怕自己一迈脚，内心的喜悦会让自己跳起来。这时另一名护士也招呼他："来啊，怎么像个大姑娘？"

是啊，怎么能像个大姑娘呢？孟三喜暗骂自己没出息，便走过去接了王雪递过来的香蕉。孟三喜听说过香蕉，也见过香蕉，但没吃过。这饱满的、新黄的、性感的、骄傲的、满身香气的香蕉如今就沉甸甸地握在他手里，这是王雪给他的香蕉，是王雪第一次送给他的礼物。

孟三喜握着香蕉待在那里，王雪在看他，王雪的同事也在看他。她们仿佛在等着他吃，就像求爱者等着被求爱者戴上递过来的戒指。孟三喜知道他必须得吃了，他要做出欣然的样子，要像个男人。他张开嘴，一口咬掉了小半截。

笑声就是在这一刻响起的。王雪，以及值班室里的医生和护士全都笑了起来。孟三喜不知道她们为什么笑，便边嚼着嘴里的香蕉边挂上了笑容。看着他的样子，王雪她们笑得更厉害了，有的甚至笑弯了腰。

孟三喜被她们笑呆了、笑傻了，是什么事让这些平素表情淡然的医务工作者如此开心呢？他想不通，忘记了咀嚼，一点儿香蕉皮挂在嘴角上。

接着,他被人拽走了。拽他的人是桃子,他想不到桃子竟然有这么大力气,把他一拽就拽走了,拽出了笑声的包围圈,拽进了张教授的病房里。桃子似乎很生气,孟三喜想不通桃子为什么生气,进了屋,他问:"你拽我做啥?"

桃子坐到床边,不理他。他看到桃子的眼圈有点红,便以为张教授出事了。再看,张教授正在一心一意地写着作业,对周围发生的事浑然不觉。

这时候,王雪进来了,似乎做错了事一样,一脸卑恭的样子。她是来道歉的,给桃子道歉,她说:"对不起,我们不是故意的。"

桃子火气很大,嗓门儿很高,孟三喜没想到桃子的嗓门儿这么高,她说:"你们觉得很好笑是吗?你们这些城里人觉得乡下人没吃过香蕉很好笑是吗?你们觉得三喜吃香蕉皮的样子很讨你们开心是吗?"

孟三喜听到桃子也叫他三喜。今天,已经有两个人叫他三喜了,他不知道自己该觉得满足还是别的什么。他没时间想,桃子咄咄逼人的架势会令王雪生气吧,他很担心。

但王雪没生气,桃子一说,她的脸红了,声音反而更低了。王雪走后,孟三喜觉得桃子太过分了,怎么能这样对王雪呢?他想批评桃子两句,但看到她眼泪汪汪的样子,心一软,就啥话也没说。

6

万事顺利,孟三喜觉得真是这样。

玩具箱那件事后,他又整了几样小东西,都得到了穿西服领导的认可。打扫卫生的时候，总有一些小旮旯扫把够不到，拖把擦不着。为此，他自己动手制作了一些小工具，有长长的钩子、扁扁的铲子，有刺刺楞楞的刷子，有硬硬邦邦的捅子。有了这些东西，躲进角落里的污垢就无处藏身了。为了携带方便，他找了块旧帆布，坐在长廊的栏杆上做袋子。他要做电工包一样的袋子，往腰上一挂，方便得很。

这东西想着容易，做起来就难了，孟三喜的指头让针扎了好几次也没弄出来。最后，桃子把活儿抢了去，只一天的工夫就做成了一个漂漂亮亮的袋子，和电工包一样，甚至比电工包还要规矩。孟三喜就把他的小工具往包里一插，还把自己捡的一把电工刀往包里一插，把包往腰上一系，很神武的样子。

香蕉那件事后，桃子的话少了。孟三喜觉出来了，可也不敢问她。倒是王雪和他熟了，每次碰面都会冲他笑一笑，孟三喜很知足。有时候王雪还会叫他到值班室，给杯子添点水，孟三喜就经常带着半杯水去六楼，觉得自己很狡猾。后来，桃子在张教授的病房里给他冲糖水，还对他说别老去值班室里灌水，那水是有数的，去多了不好。孟三喜就不好意思再去了，但对王雪还是很感激。

打扫卫生的活儿没干多久就不让他干了，穿西服的领导说要交给他一项更重要的任务。孟三喜听着这口气就觉得自己责任很大。这项重要的任务也是提垃圾，但不是提塑料袋里的生活垃圾，而是医学垃圾。医学垃圾不像生活垃圾每天都要提，两三天收集一次就可以了，也不是直接提到垃圾车上去，而是用小车推进一间房子里，等攒多了会有一辆车来，一起装了拉出去。

孟三喜没觉得这多么重要，真的，只是从其他人羡慕的眼神里感到了一丝得意。更让他得意的是穿西服的领导给了他一把钥匙，孟三喜知道，在某些时候，钥匙就代表着权力。这是存放垃圾的那个房间的钥匙，是唯一的一把钥匙，其他楼内的医学垃圾都会存放在这间房子里，也就是说，其他提垃圾的人只有找到他才能把垃圾存进去。这就不得了了。

孟三喜没把钥匙挂在外面，那样太招摇了，他找了根红绳子把钥匙串起来，挂在脖子上，再把钥匙放进工装里面的口袋里。这样，他就像学校里学生班长的样子了，多少有点滑稽。

换了工作的孟三喜空余时间多了，能经常陪陪张教授，也能经常到长廊里想想王雪。张教授毕竟是教授，学东西很快，眼看就要小学毕业了。桃子说中学的课程她教不了，为此她有点发愁。孟三喜说："怕啥？车到山前必有路。"见桃子眉头不展，又说，"不行的话，语文、数学我一个人教，大不了我化化装就成了，估计张教授也看不出来。"桃子问："那我呢？""你教时事政治。"看桃子不懂，又说，"就是念念报纸，专拣国际国内大事念就成。"桃子听了，这才开心起来，念报纸她在行。就这样，张教授就多了一位姓贾的语文老师，而且是位老教师，留着长长的胡子——桃子买来的假胡子。

天气渐渐冷了，在长廊里散步的人越来越少了。孟三喜喜欢人少，人少了他就能站在栏杆边安心地向六楼的窗户望了。有时候他能看到王雪的身影，这对他是极大的幸福。大多数时间那只是一扇窗，像一个空空的画框。但孟三喜不失望，他知道王雪正在窗户里面的某个地方，也许在办公桌前，也许在电脑桌前，也许在病房里，也许在走廊里，知道这些就足够了，还能奢望什么呢？孟三喜不是没有奢望过，比如王雪透过窗户看到长廊上的他。他不知道王雪会怎样，会向他招手吗？

孟三喜的钥匙不久便显示出了权力的某些特性。这些天，有四个人找过他，两个收垃圾的，两个提垃圾的，也就是他的两个同事。孟三喜想不到收垃圾的也能西装革履，那身行头一尘不染的，谁会把垃圾给他们呢？两个收垃圾的人派头很大，上来就要给他塞钱，把孟三喜吓坏了。那俩人说只要他隔三岔五地转动一下钥匙，让他们拉点垃圾，每个月就给他四百块钱。孟三喜没答应，满屋子瓶瓶罐罐、针头针管的怎么能值那么多钱呢？他觉得这是个套子，不能钻。给桃子说这事儿的时候，他觉得自己很聪明，没有上当。另外两个人找他的目的也是如此，孟三喜想不通，这些人怎么就把眼睛盯在垃圾上了呢？这样下去还不把自己也变成垃圾了啊。他不但没有答应两个同事，还义正词严地批评了他们。他觉得自己当时的样子很像个领导，不，简直就是领导。

孟三喜把在医院发生的事告诉了水锁，水锁只说他傻，还说有机会教教他废物利用。孟三喜不懂，水锁却不再说了。最近，水锁他们正为工资的事闹罢工、闹静坐呢。孟三喜觉得这很不好，有问题可以反映，不成了还可以打官司，为什么要闹事呢？他就想在水锁讲废物利用前，先找个机会给水锁上上法制课。

水锁没给他这个机会。一天，孟三喜回到出租屋，觉得里面的气氛很热烈，听了一会儿才知道，水锁他们的工资问题解决了，不是全额解决，但老板给每个人支付了一部分，一小部分。这已经让水锁他们很满足了，照水锁的话说，已经见到曙光了。

为了庆祝胜利，他们决定找女人，这是他们都喜欢的庆祝方式。有人说，知道肉味、菜味、米味，还不知道女人啥味儿。听了这话，水锁便决定带他们出去找女人。孟三喜觉得这是无法忍受的，他甚至说了堕落这个词。但没人听，他们嘲笑他，一个个哼着小曲走了。

　　这个地方不缺女人。站在窗前，孟三喜经常能看到昏黄的胡同里妖艳的女人来回晃动，像一支支塞满火药的猎枪，搜寻着猎物。孟三喜知道水锁他们很快就会被击倒，这让他感到悲哀。

　　水锁他们回来的时候，孟三喜还没睡着，他有些赌气了，蒙起被子里不理他们。被子蒙不严，一些关于女人的话题便钻进他的耳朵里，就像无孔不入的小虫子，在他身上钻来钻去，钻得他周身火辣，钻得他气喘吁吁。他觉得煎熬，在这样的煎熬中，孟三喜钻进了梦境。

　　王雪靠着长廊的藤，向他频频招手。他摘了一朵紫花走过去，孟三喜想，他是懂得浪漫的，和一位城里的姑娘约会怎么能没有花呢？王雪接过花，放在鼻子下面闻。他觉得美极了，心里便也开满了花。不知道是谁先伸的手，反正他们的手握在一起了。他们缓缓地走，比下面的水还要缓。他们走出长廊，走进山坡的树林里了。长廊那边不是车棚吗？怎么会是树林呢？孟三喜搞不懂，他也不想搞懂。牵着王雪的手，心里还能想什么呢？也不知道是谁先躺下的，躺在林中的草地上，孟三喜能闻到草香。藤在缠绕、在纠结，在相互亲吻、相互撕咬。孟三喜觉得自己像股水，渐渐地，爬到了高处，在最高的那座山峰上倾泻而下。他听到了风声，呼呼的风声……

7

　　第二天上班的时候，孟三喜还沉浸在梦里，精神有点恍惚。桃子问他是不是病了，又伸出手摸了摸他的额头。

　　他能对桃子说什么呢？他觉得自己下流、肮脏，不可理喻。

他想用最恶毒的话来骂自己，比水锁骂的话还要脏、还要毒。孟三喜不敢回忆梦的细节，他也回忆不起来，他只觉得有层白雾漫过来，把一切都淹没了。淹没了吗？没有，他明明还能感觉到藤在切实地缠绕着，最可气的是，他竟渐渐迷恋上了这种缠绕，这就更无法原谅了。

孟三喜知道，他再也无法用干净的目光看王雪了。

桃子想提醒他，桃子不知道他的梦，她提醒的是另外一件事。

桃子说："听说了吗？最近医院不太平，有人抢钱，昨天晚上有个医生下夜班被人抢了，那人还拿着刀呢。"桃子还说，医院保卫科已经通知了，她让孟三喜也小心些。

张教授听到抢钱的事，冷不丁地说："拉出去！毙了！"说完还举起手做了一个射击的手势，嘴里跟着发出了"啾"的一声。

孟三喜一整天都没在走廊里停顿，他怕遇到王雪，把梦中的秘密不小心透露出去。

王雪知道这一秘密后会怎样看他呢？

站在长廊里，孟三喜望着六楼的窗户，克制自己不去回想昨晚的梦境。但他绕不开上面的藤、缠绕的藤、气喘吁吁的藤。孟三喜的血又渐渐热了起来，身上的那根藤便无法遏制地伸展、蓬勃。孟三喜又快滑进梦里了。

窗口出现了王雪的身影，这个空空的画框在最关键的时候添加了生动的内容。这一变化把孟三喜从梦的边缘拉了回来。他看到了，看到王雪向他招手。

孟三喜也招手。他的心里充满了感激。这才是他认为的最美丽的梦，他是为了这个梦而来的，这个梦涵盖了这个城市所有的含义。

王雪从窗户上隐去后，孟三喜回到了现实。他想到一个很现实的问题：夜班，今天王雪下夜班。继而联想到桃子的话，心里便一阵阵发紧。

长廊在夜色里像一张斑驳的网。在网的空隙里，月亮洒下一小块一小块的光。四周水汽氤氲，无数冰凉的触角弯曲游走，碰在人的脸上即刻顺着毛孔钻进去——天越来越冷了。孟三喜靠在一根柱子上，只要一侧脸就能看到六楼的窗户，那里散发出的光线让他感到温暖。

孟三喜不知道桃子说的那个抢钱的人躲在什么地方，是路边的树上，还是在某一座楼的角落里。他想，也许那个人已经走了，离开了，到另一个地方作案了。那样，他和王雪都将是安全的。孟三喜又盼着那人别走，还待在这里，最好一会儿就能出现在面前。那样，孟三喜就能在王雪面前捉住他。为此，他已经做好了准备，手里的电工刀已经磨得足够亮、足够快。

王雪下班了，孟三喜能听到她踏在长廊上的脚步声，心便随着这个声音怦怦怦怦地跳起来。这是个约会吗？如果是，那将是他的第一次约会，而且在他最喜欢的长廊，多么美好。

孟三喜来不及想，王雪的脚步就要碰到他靠的这根柱子了，他要对她说"让我送你回家吧"，这是孟三喜想了一天的话。他想，王雪会答应的，那个抢钱的人帮了他的忙。

当脚步声临近时，孟三喜闪出身，他想说"让我送你回家吧"。但王雪没有给他机会，王雪"啊"的一声，仿佛被什么蜇了一下，反身就向回跑了。

孟三喜想叫住她，可来不及了。不知道从哪里冲出来四五个人，七手八脚地把他按在地上。他想反抗，手刚一动，头上就挨了一拳。孟三喜没有办法叫王雪了，他只能在心里喊王雪的名字。

8

这里是派出所,不是医院保卫科,医院保卫科的人不穿这样的衣服。孟三喜不知道他们为什么抓他,他想警察误会了,警察也会误会的,不是吗?所以,孟三喜并不怎么害怕。

坐在他面前的是一老一少两个警察。孟三喜看了看,那个老警察的样子有点像他的小学老师,一样清瘦,一样头发花白。他想把自己的发现告诉老警察,可嚅了嚅嘴,没有说出来。

"知道我们的政策吗?"

"知道,坦白从宽,抗拒从严。"

"知道的事儿还真不少,还知道什么,一起说出来吧。"

"还知道人民警察爱人民,人民警察人民爱。"

这句话是孟三喜刚进来的时候在走廊里看到的,当时觉得很顺嘴,看了一眼就记住了,没想到现在用上了。孟三喜很得意。

孟三喜的态度显然惹恼了那个年轻警察,他一拍桌子站了起来。孟三喜以为他要动手揍自己,又想不通他为什么生气,便又回顾了刚才自己说的那句话,确信没说错后才把心放了下来。

接下来老警察继续问,孟三喜继续答。一问一答中,孟三喜自己陷入了混沌,有点说不清了。

"你深更半夜躲在医院的长廊里做什么?"

"约会。"

"和谁?"

"王雪。"

"干什么的?"

"医院里的护士。"

"她来了吗？"

"来了。"

"人呢？"

"跑了。"

"为什么跑？"

孟三喜答不出来了，是啊，王雪为什么跑呢？他从头到尾顺了一遍自己的回答，觉得说错了一个很关键的词——约会，他是不该说约会的，为什么说约会呢？约会是孟三喜自己的想法，王雪是不知道的。他要弥补这个错误。

"我说错了，不是约会。"

"那是什么？"

"是保护她，送她回家。"

"用刀？"

"刀？"

"老警察拿起电工刀。"

"你的？"

"我的。"

"做什么用？"

"保护王雪，听说医院里有抢钱的。"

"你说你拿刀是为了保护王雪？"

"是的。"

"那王雪为什么要跑？"

孟三喜又答不出来了。老警察有点得意，点上了一根烟，不紧不慢地抽着。

利用这个空隙，孟三喜回忆着那个情节：他从柱子后面闪出身来，刚要说"让我送你回家吧"，王雪就"啊"的一声，仿佛被什么蜇了一下，反身向回跑了。这样的情景再现让孟三喜渐渐理清楚了，王雪一定是把他当成抢钱的了，也就是说，她根本就没认出他。

孟三喜找到了问题所在，他要把自己的发现说给老警察听，老警察会赞成他的看法的，不是吗？

他说："我知道王雪为什么跑了，她没有认出我，把我当成抢钱的了。"

"哦？这么说王雪不知道你要送她回家。"

"不知道。"

"有别人知道吗？"

"没有。"

"那就麻烦了。"

"为什么？"

"没有人知道你晚上躲在长廊里是为了送王雪回家，对吗？"

"对。"

"那谁能证明你躲在那里不是为了抢钱呢？"

"……"

"你拿着刀，我有理由怀疑那是凶器，对吗？"

孟三喜傻了。他知道自己跳进黄河也洗不清了。更为严重的是，王雪也会把他当成抢劫犯，这比任何处罚都要严重。

第二天快中午的时候，孟三喜被派出所放了。就跟当时被抓一样，孟三喜不知道派出所为什么放他。整个晚上、整个上午，他都在考虑老警察说的话，都在想自己怎样才能把事情说清楚，但没想明白。他放弃了，他相信老警察会替他查明白的，就像他知道的有关警察的另一句话，"不冤枉一个好人，也不放过一个坏人"。他自信自己是好人，自信是不会被冤枉的。对老警察，他没有理由地选择了信任。

孟三喜就不担心自己了，而是担心起另外一些事。一是那个抢钱的人还在外面，王雪下夜班还是有危险的；二是张教授的课没有人讲了，桃子讲不了，也许会影响张教授的病情；三是水锁他们做的事总让他放心不下，他的法制课也没法讲了；四是那把钥匙还在自己这里，存放垃圾的工作会受到影响。这些具体的问题让孟三喜有点烦躁，但同时也让他感觉到了自身的重要性。

这时，老警察来了，说："问题搞清楚了，你回去吧。"又拍着孟三喜的肩膀说，"小伙子，以后追女孩子要讲究点方式方法，别这么冒失了。"孟三喜不知道老警察说的是啥意思，但感觉他更像自己的小学老师了。

走出派出所，孟三喜看到桃子在大门口等他。没等他说话，桃子就拉着他的手说："快去上课吧，张教授都不高兴了。"

9

后来，医院清退了所有临时工，孟三喜失业了。他没有生气，反而有些满足，因为"失业"这个专门形容城里人的词让他感到了一种身份认定。他喜欢这种认定。

离开医院前，王雪给他买了香蕉，那种饱满、新黄、性感、骄傲、满身香气的香蕉，吃起来很是香甜。之后，他和桃子来到楼下的长廊里。透过纠缠的藤，孟三喜看到六楼的窗户安静地悬挂在病房楼的侧面，洁净的玻璃反射出明亮的光线，就像手中举着的镜子。

张教授初中就要毕业了，以后的课程孟三喜教不了了，他有些担心。桃子说："放心吧，我都和张教授说好了，毕业后就让他学艺术，从画小鱼小虾开始，到时候你教美术，我教剪纸。"孟三喜觉得桃子真是个机灵鬼。孟三喜说等水锁他们讨工资的官司开完了庭，要集中精力学画画，做一名合格的美术老师。

桃子问他以后准备干点啥。孟三喜说没想好，反正车到山前必有路。他一直相信这句话，为什么不信呢？就像这藤，秋天虽然落光了叶子，来年春风一吹依然会郁郁葱葱，会开出紫色的花来。

孟三喜相信：一切都会好的！

月　食

1

　　眼睛是心灵的窗户！

　　眼睛是心灵的窗户吗？对于这个问题，马大北闹不清楚。即使真是窗户，如今属于他的这两扇窗户也要彻底关闭了。窗户关闭了是什么？是墙，一堵结结实实的墙。什么都别想钻进来，什么都别想逃出去。

　　对此，马大北有充分的思想准备。

　　大概半年前吧，也许更早些，他的这两扇窗户就不太听使唤了，仿佛被谁装上了一层窗纱，光线透进来的时候，影影绰绰的，不清楚。这几天，窗纱越来越厚，越来越密实，马大北就知道离关上不远了。所以当眼前完全黑下来的时候，他并没有着急，反而舒了一口气，仿佛跨过一道坎儿、游过一条河一样，轻松了。

　　天就这样提早为马大北垂下了大幕。

　　这没什么，只是黑些，只是黑些——

　　对于黑，马大北早就习惯了，这两年，他觉得天从来就没有真正地亮过，一直黑漆漆的，黑得让人喘气都有些费劲。两年前

——是两年前，有些日子想忘也忘不掉，想躲也躲不开——他老婆和儿子死了。死这个字硬邦邦的，砸在人心里，一下是一下，疼得很瓷实。马大北觉得老婆和儿子坏，商量好了一块儿走，唯独丢下了他。他心里恨，眼里就没了泪水，就哭不出来，他在坟头儿上恶狠狠地骂。

"该死的娘们儿，你让我咋说你？在咱那儿，光腚的孩子都知道月食的时候不能走夜道儿，可你偏不听。你就是犟，在老家待得好好的，不招呼不言语，自己跑到油田上来干啥？你以为我在这里享福呢？小心眼儿啊你，你看看，荒郊野外、风吹日晒的，我能享啥福啊我？你来就来吧，还把咱儿也带来，还住下就不走了。我真悔啊，真悔没把你一顿棍棒揍回去。你就是欠揍，我千叮咛万嘱咐，抻着耳朵告诉你油井边儿上有泥浆池，你听进去了吗？该死的娘儿们，你压根儿就没听，这下好了，知道厉害了吧？我马大北讨你这样的媳妇倒了八辈子霉，你啥时候听过我的话？收秋的时候我回不去，让你雇俩人，你听了吗？没有，结果咋样？你摔伤了腰，花了好几千才没瘫啊，你说你抠那点钱划算吗？这次，我说好了，干完这口井就回去，你听了吗？也没有，一根筋地来给我送饭，你以为我稀罕啊？就你那手艺，我吃着受罪。你这该死的娘儿们，心就是狠，走就走吧，还把儿子也带上，这下你俩好了，留下我不管了。你自私啊，现在你出来，看我不揍你，往死里揍你，该死的娘儿们……"

该死的娘儿们死了，再骂也活不过来了，这道理一天半后马大北才领悟到。他不骂了，骂有什么用呢？有骂的工夫还不如喝点酒呢。于是他喝酒，白天喝，晚上也喝；上班的时候喝，下班的时候也喝。队上的干部找他谈，说他是老先进了，可不能被困难压垮啊。他不听，还让干部滚。干部就找上面的干部，要上面的干部把马大北调走。上面的干部不管，下面的干部也没办法，就任马大北醉醺醺地，最后只好把他调到后勤，每月扣奖金。马大北不在乎钱，人都没了，要钱有个啥用？

马大北喝成了酒鬼，把一双好端端的眼泡坏了。

眼睛这东西怪，怎么形容呢？苹果、桃子、梨，外面看着鲜亮亮的，里面说坏也就坏了，坏得无声无息的，偷偷摸摸的，不爽气。半年前，马大北一觉醒来就觉得眼睛不好使了，看啥都灰蒙蒙的，像隔着层帐子。他揉了几天，没用，就不管了，照样喝他的酒、睡他的觉。眼睛这东西怪，你不管它了，它就没了脾气，不疼了，也不痒了，这样持续了好几个月。后来，马大北倒习惯了隔着层纱看人，觉得这样挺好，俊的丑的、笑的哭的、好的坏的，在他眼里都差不多。这样，他就经常把别人的女人看成自己的女人，把别人的儿子看成自己的儿子，看谁都直勾勾的，吓得队上的人见到他都躲得远远的。

当然，现在人们不用再躲他了，因为他走了，不是调走，而是换了一个新岗位，一个只有他一个人的岗位。岗位这词儿挺有意思的，老婆儿子死后，马大北就没了岗位，过去他是队上的技师，哪口井出了麻烦，哪台机器出了毛病，都得他解决，在方圆百里的油区井队，也算小有名气。家里出事儿后他就下岗了，不是队上不要他，而是他自己给自己下了岗。那些日子，他整天抱着酒瓶子，压根儿就没上过岗。马大北就这样由先进变成了后进，由后进变成了姥姥不疼舅舅不爱的老大难，由老大难变成了人见人躲的刺儿头。可谁承想，这个刺儿头却为队干部解决了一个大难题——到娘1井看井。

娘1井是一口油井的名字。管一口井叫娘，这在油田不新鲜。一些耍笔杆子的，经常讲父亲井、母亲井，仿佛饱含深情似的，其实要真让这些书生去，没几天他们就会骂娘。也别说书生，就是正儿八经的石油工人，像娘1井这样的井也没人愿意去。为什么？因为偏，就是矿长那辆王八盖子汽车，从队部到娘1井也得颠上两个多钟头，况且那里还有三炮仗，一个让油田当官儿的提起来就挠头的家伙。

疙瘩娘说，方圆百里，坏没坏过三炮仗的。

疙瘩娘说得对，这话马大北起初不信，后来信了。信了又能怎样？再坏也是人。马大北连鬼都不怕，还怕人吗？

因为偏，因为三炮仗，娘1井没人愿意去，多给钱也不去，给多少钱也不去，有的说孩子小，有的说父母老，都有理由，理由都很充分。别人不去马大北去，他推开队长的门说："我去。""去哪？""娘1井。"队长就激动了，甚至有些感动，说："太好了，太好了，毕竟是老先进啊。"那样子多少有些煽情，仿佛满含泪花似的。

这样，马大北去了娘1井，不是一个人去的，还有伙计。伙计不是人，是狗，高高大大的，凶起来像狮子，温和的时候像头憨头憨脑的猪。

2

娘1井为啥叫娘1井？很简单，井的旁边有条河——娘娘河。

娘娘河河水清澈，河面上架了桥，木头的，是那种破旧的老松木。河两边长了杨柳，都高高大大的，树间有鸟扑棱着翅膀，喳喳地叫。初来的时候，马大北觉得这地方好，伙计也觉得好，冲着河水汪汪地唱个不停。晚上，马大北和伙计站在外面看星星，马大北看不清星星，但他知道这里的星星亮，被擦了似的，被磨了似的。马大北对伙计说："咱爷儿俩有福，有这么多星星。"伙计用喉音答应。马大北又指着抽油机、发电机和油罐说：

"看好这些家什，这是咱爷儿俩的饭碗。"伙计就站起来，汪汪叫着答应。对伙计的表现，马大北很满意，也很放心。有伙计在，他就能安安稳稳地喝酒，安安稳稳地睡觉，安安稳稳地做梦，梦他死去的女人。

娘1井没有女人，没有女人的地方就闲，闲得人身上长骚包子，狗身上长野毛子。后来，伙计丢了，也许是死了，马大北不知道。他判断应当是死了，怎么死的，他也不知道。马大北琢磨，可能是被三炮仗打死的，他听疙瘩说的，说三炮仗抓了伙计。可疙瘩的话不能当真，这孩子呆呆傻傻的，他说的话能当真吗？

马大北早就知道伙计会出事，就像马大北那两扇窗户迟早会关闭一样，是有征兆、有原因的。马大北找到了一个原因，闲得。他把这原因说给疙瘩娘听，疙瘩娘说："也对，也不对，人闲了生病，狗闲了四处乱钻狗窝子。可没有三炮仗，伙计也丢不了，方圆百里，坏没坏过三炮仗的。"

这话，马大北信。

娘1井没有女人，可十八营子有。马大北就是在十八营子认识疙瘩娘的。那天，他叫上伙计，锁了值班室的门，过了木桥，来到河对岸。

对岸就是十八营子。十八营子不是十八个村，至于为什么叫十八，马大北不知道，也不想知道。这村不大，站在娘娘河边，能看到它全部的轮廓，灰蒙蒙的，像缝在原野绿色大氅上的一块灰色补丁，暗淡而温暖。

马大北和伙计往村里走。村里的街道不宽，也不窄，两边错落着懒洋洋的土坯房、土墙和陈旧的木门，隔三岔五地堆放些柴草，偶尔有牛粪的香气和驴困倦的叫声。村里有老人在墙根下推牌，在一条巷子里有几个半大的小子相互追逐着扔着土坷垃打闹,有两三个妇人靠着门框,边纳鞋底边嚼着舌头。村里壮年人少,马大北知道,他们都出去打工了。现在村子像缺了钙,骨质疏松,空而虚弱。村里也有狗,都灰头灰脑的,耷拉着尾巴。伙计的到来让它们警觉,它们不知道这个大个子来这里的动机,有的狗竟汪汪了两声,但因为不知道底细,叫起来便不自信,软绵绵的。伙计没理会它们,继续跟着马大北走,走得很坚定,很骄傲。

伙计在一个小卖部前停下,不是它不想走了,是马大北停下了。

小卖部是临街的土房,门框左边的墙上,用白灰涂了"小卖部"三个字,后面是柳枝子扎起的院子,挺大,再往后还有一排土房,三四间的样子。小卖部里暗,站在街上看不清里面摆了什么。马大北钻进去,挤了几下眼才适应,卷烟、白酒、酱油、醋、砂糖、火烛,都是些日常用的。当屋坐着一个女人,披着灰褐的上衣,正一颗一颗地剥着毛豆。见马大北进来,女人起身拍拍手问:"大哥,要点啥?"

是啊,要点啥呢?马大北心里盘算。这会儿,女人一双杏花眼热切地望着他,望得他心里不自在。马大北听人说,女人的眼睛三朵花,桃花、杏花、腊梅花,桃花热、梅花冷,都好对付,唯有这杏花不冷不热最是难缠。女人的杏花眼漂亮,眼角微微上翘,像戏台上的青衣。马大北喜欢青衣,尤其喜欢青衣的眼睛,哀哀怨怨的,仿佛里面藏着钩儿,能把人的魂钩走。

要点啥呢?马大北心里盘算,从队上带来的东西还不少,应该够用一阵子的了。"哦,随便看看。"他应着女人,把目光移到老木头搭的货架上。

"娘,擦腚。"屋外有人喊。女人听了往外走,边走边说:"大哥你先挑着,回头我给你拿。"马大北跟着出了屋,见小卖部旁边柳枝子篱笆的下面，蹲着一个十六七岁的半大小子，冲着大街撅着屁股。女人走过去，从口袋里掏出纸，很仔细地给那小子擦。这情形有些滑稽，也有些怪，马大北看着觉得是道风景，伙计也爱看。

许是擦完了，那小子直起身来，高大个子，黑黝黝的。黑小子一跳一跳地跑了，女人站在当街骂："该死的疙瘩，看娘打断你的狗腿。"见不奏效，又骂，"该死的疙瘩，再不回来，让三炮仗逮了去，吊着打。"这下奏效了，黑小子愣了愣，慌忙跑进院子，把门关上。

女人走过来，问："大哥看好了吗？要点啥？"见马大北还盯着黑小子看，又说，"我儿子，脑子傻。"马大北说："哦，拿上两盒烟一瓶烧酒吧。"马大北拿了东西付了钱，末了，又问哪有卖菜籽的，女人说村里没有，改天她到集上买点回来，给马大北送去。马大北谢了，告诉女人自己是河那边看井的。离开的时候，马大北又看了女人的眼，杏花样的，里面仿佛有道钩，挑开马大北窗户上的那层纱，晃晃悠悠地探了进来。

马大北想不通，自己看啥都灰蒙蒙的，为啥女人的杏花眼竟这样真切。他想也许自己离那双眼太近了。家里出事后，他从没有这样近距离看一个女人的眼睛。

这是马大北见疙瘩娘的第一面，没什么特别的，一个叫疙瘩的傻子的娘，仅此而已。这天中午，他又见到了另一个人——三炮仗，这让马大北觉得挺有意思。

3

方圆百里，坏没坏过三炮仗。在见到三炮仗的那一刻，马大北没想到坏这个字，反而有些亲近。

三炮仗是午饭的时候来的。

马大北刚摆了菜，开了酒，还没坐下就听到伙计在屋外叫。这叫不是汪汪地叫，是压着嗓子，让声音在肚子里滚。马大北知道只有伙计想撕咬猎物的时候才会发出这种声音。他推门出去，见伙计隆着身子，前爪扒着地，像张拉满的弓，目光像要射出的箭。伙计的靶子是四个男人，一胖三瘦，一高三矮。在伙计的杀气面前，四个人像把扇子，想打开又不敢打开，想收拢又不敢收拢，尴尴尬尬地僵在那里。

"伙计，坐下。"马大北不高不低地喊了一声，伙计乖乖地后腿一蜷坐在地上，身体放松下来，但目光仍锐利地在那四个人的脖子上扫来扫去。

"哎呀，老哥儿，这条狗不错啊，纯种的吧？"胖子的声音堆满了笑，像热情洋溢的包子。

"啥纯不纯的，一条土狗。"马大北不咸不淡地答道。

胖子向前走了几步，这人腿脚有毛病，一瘸一拐的："老哥儿是看井的吧，新来的？"

"嗯，新来的。"

"咱们是邻居啊，以前看井的都是我朋友。"

"哦？"马大北看着胖子，想起疙瘩娘吓唬疙瘩的话。

我就是河那边十八营子的。胖子左手拽着耳朵，拽得老长，边拽边说："以后常来常往了，得互相照应啊。"

"这是三哥。"一个瘦子上前介绍说。

"啥三哥不三哥的，"胖子说，"村里人都叫我三炮仗，外号，编派我呢。"说完呵呵笑着，向马大北伸出了胖手，说，"这就认识了，就是朋友了，以后有啥事招呼一声。"

握住三炮仗的手，马大北觉得肉乎乎的、汗津津的。他从面相上看不出三炮仗坏的地方，找不到让人害怕的地方，反而笑吟吟的，慈善温和而且亲近。坏是藏在心里的，不用挂在脸上，马大北知道。但他没提防，即使三炮仗真像别人说的那样坏，马大北也是不用提防的，因为他不怕这样的坏人。自从没了老婆孩子，已经没有啥能让马大北害怕紧张了。他何必提防呢？

马大北把几个人让进屋，三炮仗看到柜子上摆着一盘菜、一瓶酒，笑着说："老哥儿，吃这个哪行啊？今天兄弟做东，请老哥儿好好地撮一顿。"说着吩咐旁边一个瘦子，去弄几个好菜、几瓶好酒，"今天我要陪老哥儿好好地喝几盅。"

马大北没拦他，有人请客是好事儿，傻子才拦呢。瘦子领命出去了，不一会儿，提了一只烧鸡、一袋子猪头肉和四瓶酒进来。

许是闻到了香味，伙计扒开门窜进来，把三炮仗吓了一跳。他撕了块鸡肉丢过去，伙计闻了闻，没动。马大北不高不低地说："吃吧，吃了去看好咱的家什，那可是咱爷儿俩的饭碗。"伙计听了，一口叼起鸡肉，撞开门窜了出去。

"真是条好狗。"三炮仗悻悻地说，说罢端起酒，和另外三个人一道，轮番给马大北敬酒。

马大北知道三炮仗的弯弯绕，如果这也算是交锋的话，马大北倒很喜欢这样的交锋。他喜欢酒，从小就喜欢，刚会走路的时候就偷爷爷的酒喝。招工到油田后，干部不让喝，说喝了酒干活儿不安全，说有规定不让酒后上岗。马大北是好职工，上班之前不喝酒，把酒瘾攒着休息的时候一块儿喝。队上的人都知道马大北酒量大，有啥招待的事儿就叫他去，他也从不拒绝，而且每每都能出色完成任务，成了远近闻名的陪酒。老婆儿子死后，马大北不当好职工了，就把酒虫子撒开了，天天泡在酒缸里，越泡酒量越大。因此，他喜欢别人敬他酒，不管人家是咋想的，酒总是好东西，有了这样的好东西，敬酒的人怎么想倒无所谓了。

三炮仗四人轮番跟他喝，轮番让他高兴，谁要是端杯子端慢了，马大北就自己抢着喝。酒喝完了，马大北控了控瓶子，连一滴都没有了，竟有些没过瘾，心里埋怨自己喝得慢了，让三炮仗他们占了便宜。三炮仗他们已经醉了，歪歪扭扭、磕磕绊绊地走了。马大北没出去送，喝了酒就是朋友了，还那么客气做啥？马大北最后把三炮仗他们几个剩在杯里的酒也喝了，酒是粮食精，浪费了怪可惜的。

三炮仗的酒不是能随便喝的，疙瘩娘说这话的时候，马大北没往心里去，谁的酒不是酒？谁的酒不能喝呢？

但很快，马大北就知道疙瘩娘说得对了，三炮仗的酒的确不能随便喝，喝了不能白喝，喝了就要付酒钱。这酒钱不是贵一点半点，是贵得没边没沿儿。第二天，三炮仗开着农用三轮车来要酒钱了，还是那四个人，一胖三瘦，一高三矮。

三炮仗一条腿沾了地，另一条腿在地上弹了一下。他左手拽着耳朵，拽得老长，笑吟吟地说："老哥儿，我来讨酒钱了。"见马大北不解，哈哈笑着说，"家里那头铁牛没油水了，来向老哥儿讨点。"说着，他伸出胖手指了指三轮车上的两个大油桶。

"这事……"马大北沉吟了片刻，手挠着头，很为难地说，"按说这是小事，这里不缺油，罐里有石油，库里有柴油，莫说两桶，三桶四桶也是该给的，可你知道，我一个人做不了主啊。"

三炮仗听到这话不高兴了，瘸着条腿向前颠了两步，脸上的肉挤在一起说："老哥儿说笑了吧，这里就你一个人，有啥做不了主的？老哥儿该不会是想抹我三炮仗的面子吧？"

"哪里哪里，"马大北的样子有些神秘，靠近了三炮仗指着伙计说，"三哥不知道，这条狗不是我的，是队上派的，受过训练，专盯着油啊、机器啊，我都不敢随便动。"

"你老哥儿当我三炮仗是傻子啊。"

"三哥不信？我跟他谈谈。"马大北说着转身走到伙计跟前，指着存放柴油的铁皮库房，又指着三炮仗身后三轮车上的油桶，耳语了几句。只见伙计瞪大了狗眼，龇起了狗牙，奓起了狗毛，把身一弓，呼呼地叫起来，不是汪汪地叫，是压着嗓子，声音在肚子里滚。马大北吓得回头就跑，一直跑到三炮仗身边，恶声恶气地说："这狗不答应，还想咬我。"

三炮仗嘿嘿笑着，怪里怪气地说："狗是好狗，就是不听话啊。老哥儿，我帮你收拾了它。"

"那敢情好。"马大北一副感激的样子。

三炮仗一摆手，三个瘦子从车上取了棍棒，向伙计围过去。

伙计高高大大，温和的时候，像头憨头憨脑的猪，凶起来却像头饥饿的狮子。它向后退了两步，猛地后腿一蹬，向最前面的那个瘦子扑了过去。瘦子抡起棍子就打，伙计一闪身，闪到了瘦子的侧面，一跃把那个瘦子扑倒在地上。另两个人见状扑了过来，伙计一蹬地上瘦子的肚子，腾空摁倒了另一名瘦子，剩下的那个丢了棍子拔腿就跑。伙计没追，而是把尖锐的牙齿对准了三炮仗。三炮仗一看慌了，颠着瘸腿爬上了三轮车，点火后掉头就跑，三名瘦子急急忙忙爬上了车，四个人一溜烟，不见了。

这事儿过后安稳了两天。一天夜里，马大北睡得朦朦胧胧的，就听到了伙计的叫声，先是汪汪地叫，再是呼呼地叫，接着，传来猎枪的声音和人的尖叫声。马大北急忙披了衣服跑出去，见伙计站在路口，一副胜者的样子。远处的路上，两盏车灯疾驰，消失在夜色里。回到屋里后，马大北见伙计身上有血，不是伙计的血，伙计身上好好的，一点皮毛都没少。第二天，他在院子里也发现了血，还找到了一截被撕掉的裤腿。马大北明白咋回事儿了，他对伙计说："爷们儿，以后咱得小心了，那帮小子玩阴的。"伙计似乎并不在意，摇着狗尾巴像摇着一面胜利的旗。

4

那天，疙瘩娘来了，她是来送菜籽的，不光有菜籽，还有鱼钩鱼线和两瓶烧酒。疙瘩娘来的时候，马大北正站在油罐顶上望。这地儿高，四周一望应该能看到很远的地方，但只是应该，马大北的眼睛不好使，看了半天只看到远处一片白茫茫的，像掉进了盐田里。

来这里看井后，队上的车来过两次，来送柴油，顺便保养了发电机。拉原油的罐车来得勤，四天一趟，很定时。除此之外这里少有人来，只有马大北和伙计，一人一狗，守着这口叫娘1井的油井。

"大哥，你要的菜籽我带来了，还有鱼钩鱼线，闷的时候到河边钓钓鱼，娘娘河里的鱼傻，好钓着呢。"

马大北低头看，见灰蒙蒙的小卖部的女人站在下面，立时觉得有双杏花样的目光在他身上热切切地爬。女人的身后有个黑黝黝的小子，是那个叫疙瘩的傻子。马大北顺着梯子爬下来，迎上去，伙计则对疙瘩更有兴趣，耸个鼻子嗅来嗅去。"大妹子，麻烦你了，让你跑一趟。"马大北接过东西，拿进值班室，在褥子底下翻钱。女人也跟了进来，站在门边上说："这井不好看吧，都是些值钱的东西。"

"还成，这里人规矩。"

"也有不规矩的，大哥可得防着点。"

马大北直起身，把钱递过去。女人点了点，抽出五块钱搁在柜子上，说："这两瓶烧酒是我送给大哥的，以后日子长了，这是见面礼儿，我那里的生意，还要靠大哥照应不是？"

马大北不干，两人推来推去，最后，马大北终究没拗过女人，把钱收了。这会儿，外面传来伙计的叫声，汪汪的。两个人走出去，见疙瘩和伙计缠抱着在地上滚，一会儿人压住狗，一会儿狗压住人。

"伙计！"

"疙瘩！"

马大北和女人几乎同时喊出了声。伙计听到喊声一骨碌爬起来，抖着身上的毛。疙瘩却不听女人的招呼，依旧向伙计身上扑。

"疙瘩，再闹把你送给三炮仗。"

听到女人这样说，疙瘩一下子安静下来，躲到女人的身后，拽住女人的衣裳角。

"大妹子，这孩子咋恁怕三炮仗？"

"三炮仗坏啊，方圆百里，坏没坏过三炮仗的。"

马大北把女人和疙瘩让进屋，坐下来，听女人讲三炮仗的事：

"三炮仗小时候不坏，村里人说他小时候乖巧得很，后来他爹娘前后脚死了，奶奶带着他，那时候也不坏，名声好得很。后来兴打工，三炮仗就去城里打工了，一去好几年。那时候，村里人说三炮仗发了财，当了老板。三炮仗回村的时候是很排场。那次他奶奶死了，三炮仗把丧事整得挺体面，车来了一堆，人来了一群。奶奶入土后，三炮仗就走了，进城了，一走又是好几年。再后来，三炮仗回来了，不知道怎么了，一条腿出了毛病，瘸了。三炮仗腿坏了，心也坏了，拢了一帮坏小子专干坏事，今天偷张家的鸡，明天牵李家的羊。刚开始还藏着掖着，还不祸害本村的，后来就跟明抢差不多了，窝边的草也吃。村里有口井，就这一口井，还被三炮仗霸占了，谁去都要钱，说是那井他包了。

村里人去告他，可告他的人倒了霉，晚上好端端地飞过来几块砖头，就被砸得起不来床了。自那以后，没人敢告了，三炮仗更坏了，抢男霸女，做了许多坏事。"

女人说，村里人怕他，就用他吓唬孩子。疙瘩不听话的时候，一提三炮仗就乖了，比啥都管用。

马大北觉得女人有些夸大，村里的女人总是喜欢把一说成二，把驴说成马，以显示话语的重量。他直了直腰，说："大妹子，这三炮仗我打过交道，也就那么回事。"接着，他把喝酒、讨油等事情一一说了，说，"他们几个小子连我的狗都斗不过，有啥可怕的？"

"哎呀，大哥，三炮仗的酒是不能随便喝的。"女人有些急，杏花眼瞪得圆圆的，说，"三炮仗得罪不起，你在明处，他们在暗处，早晚得吃亏。"

女人的话马大北没放在心上，他只觉得女人那双眼漂亮。女人走后，马大北便经常会想起那双眼，白天想，晚上在梦里也想。马大北想，自己的魂儿让那双眼勾走了。

这地方是闲。白天的时候，马大北在值班室后面翻了块地撒下了菜籽，又找了根竹竿绑了鱼钩、鱼线到娘娘河边钓鱼。正如疙瘩娘所说，娘娘河里的鱼傻，马大北眼神不好，却每每都能钓上几条。晚上，马大北和伙计就一起待在院子里看星星、看月亮。他的眼睛越来越不好了，看不清星星，也看不清月亮，可这不要紧，不管看清看不清，星星总是有的，月亮总是有的。

这期间，三炮仗没再出现过，马大北觉得被人吹得神乎其神的三炮仗不过如此。倒是伙计有了新的乐趣，它不知道从哪里捉了只肥硕无比的老鼠，用爪子拨过来拨过去地玩。老鼠想跑跑不掉，想死也死不了，有几次它想往铁架子上撞，都被伙计拦了下来。老鼠无奈，只能任凭伙计当作玩物，最终受不了侮辱，生生地气死了。

疙瘩娘隔三岔五地来，熟了，帮马大北浇浇地、收拾收拾值班室，弄得马大北心里暖暖的。马大北过意不去，便用塑料桶盛了些柴油送过去，队上来人保养发电机和抽油机，换下来的油和废铁也送过去。疙瘩娘兴奋得不得了，便在家里烫了酒炒了菜，差疙瘩叫马大北过去。疙瘩也熟了，进屋拖着马大北就走，这孩子傻，有股子傻力气，抓得马大北胳膊生疼。

马大北很幸福。坐在疙瘩家的炕头上，疙瘩娘变戏法样地变出来四道菜，就着满屋子烧酒的香味和摇晃的火烛，马大北再看疙瘩娘那双杏花样的眼时就有些恍惚。那天，他几杯酒下去就摇晃了，酒还没等渗进血液，就先被自己的想法醉倒了。

怎么这么不济事啊？马大北有些恼怒，既恼怒自己与平时截然不同的酒量，也恼怒自己心里那点想法。他努力想死去的老婆，他是故意想的，想得很吃力。但最终他还是成功了，成功了就好，就清醒了，就又有了酒量。

清醒了的马大北坐不住了，他不敢让那双杏花样的目光在自己身上爬，再爬他就又醉倒了。因此，马大北起身告辞，疙瘩娘说："天晚了，就住下吧。"马大北不听，而且态度很不好，有点粗暴，几乎是挣脱了疙瘩娘的手离开的。

马大北意识到自己的态度有问题，在他走到院子的时候，听到了疙瘩娘低低的哭声。

5

那天晚上马大北是独自回到娘1井的，伙计没跟着他，一整夜都没见它的影子。

本来，伙计和疙瘩在院子里玩，缠抱着在地上滚，一会儿人压住狗，一会儿狗压住人。后来，疙瘩玩累了睡了，伙计就自己推开院门出去了。十八营子的晚上安安静静的，人睡了，狗也睡了。伙计转了一圈又一圈，仿佛整个村庄都是它自己的了。伙计有些烦，它已经很久没这么烦了，它站在路口试着叫了一声，它好久没这么叫了。伙计觉得自己叫得很痛快，它继续叫，叫得一声比一声大，一声比一声尖。一条黑狗从街对面走过来，伙计看到了、闻到了。但它没动，作为一条纯种的狗，伙计知道此时自己该做什么。它继续叫，向着辽阔的夜空，它想把自己的叫声挂到天上去。

那条黑狗试探着慢慢靠近，它起初是不敢的，起初是有些战战兢兢的，在伙计面前，它有些自卑。但很快，它被伙计的叫声征服了，这种声音它没听过，那样强大，而且悠远。后来，它就完全沉浸在声音里了，它甚至闭上了眼睛。

伙计停止了叫声，用鼻子轻轻地碰了碰黑狗，就带着它一起向娘娘河边的树林走去。

那天晚上之后，马大北发现伙计变了，变成了诗人，多愁善感的。伙计经常独自跑出去，有时候一夜不见踪影。

那天晚上之后，疙瘩娘好久没到娘1井来，马大北到十八营子买东西，疙瘩娘也爱搭不理、不冷不热的。马大北知道自己伤了她的心，心里也有些愧意。那几天，马大北喝了许多酒，喝完了躺在床上，就想自己的老婆和儿子。不知道从什么时候起，老婆的相貌变得模糊了，像蒙上了一层厚厚的纱。再往后，老婆的相貌就彻底零散了，马大北想聚也聚不起来，零散得像一片片花瓣，在眼前飞来飞去。马大北有些紧张，有些警觉，他伸出手去抓，抓来抓去，却什么也抓不到。直到有一天，那些花瓣重新聚在一起，聚成了两朵热切的杏花，杏花的后面是疙瘩娘半醉的脸。马大北想驱赶这两朵花,却越驱赶越清晰、越鲜艳。马大北知道自己想疙瘩娘了,他想找机会去和疙瘩娘认个错儿。

机会来了,疙瘩娘来找马大北了,因为伙计出事儿了。

伙计最终还是出事了,跑了,失踪了,或者说死了。疙瘩跑到井上,哭着说:"三炮仗把伙计抓走了,大网吊着。"马大北说:"不怕,不怕,伙计回来了,我叫它去找你玩。"疙瘩还是哭个不停,说:"三炮仗把伙计抓走了。"

马大北哄不好疙瘩,对于一个傻子,他真的无奈。其实,马大北是哄不好自己,伙计已经一天一夜没露面了。自那晚后,伙计就撞了邪,有事没事地往外跑。但无论怎么跑,它早晚还是会来报个到的。所以伙计不见了,马大北急,急得上了火,一双眼睛更看不见了。

正当马大北拿疙瘩没办法的时候,疙瘩娘来了,手里拿了个玩具手机。这是个黑色的仿真手机,背面包了个乳白色的皮,是马大北送给疙瘩的礼物。疙瘩很喜欢这个礼物,装了电池,用手一摁,嘀嘀嘀嘀地响,和真的一样。可这时,疙瘩把手机扔到了地上,继续哭着说:"三炮仗把伙计抓走了。"疙瘩娘对马大北说:"疙瘩说得不错,三炮仗回来了,我看这事儿八成是他干的。如今伙计丢了,你一个人,可要加点儿小心,别吃了三炮仗的亏。"

自那次晚上响枪后,三炮仗就没出现过。疙瘩娘也不知道为什么,说:"三炮仗和他的那帮坏小子一下子都不见了,不见了好,村里能安生会儿。"又说,"三炮仗他们经常这样,有时候弄得鸡飞狗跳的,有时候一连个把月没踪影,没有人知道他们去了哪里,也没有人知道他们去干了什么。"

三炮仗果然回来了,四个人,一个胖的、三个瘦的,一个高的、三个矮的。没有了伙计,三炮仗的精神很好,很阳光,离老远就哈哈哈哈地笑着。那几个瘦子不笑,不但不笑,还很不高兴,拿着棍子四处乱敲。马大北是从声音上听出来的,他看不清楚了,眼睛灰蒙蒙的,像窗户上遮了层厚纱,光线透进来的时候,影影绰绰的。

"三哥来了?"

"来了,好久没见了,怪想老哥儿的。"三炮仗依旧很和善、很温和。

马大北把三炮仗几个人让进屋,又取了杯子倒了水,问:"三哥这段日子到哪里发财了?"

"带兄弟们出去撞大运,外面的财不好发啊,这不,又回来了,还是老哥儿这里遍地是黄金啊。"三炮仗拽着耳朵笑,见马大北没搭腔,又问,"你那条狗呢?"

"窜出去了,这狗野,管不了了。"

"狗是好狗啊,弄出去能卖个好价钱啊。"三炮仗说,"没了也好,没有碍眼的了,这下井上这点玩意儿老哥儿能说了算了。"

这时候,马大北的手机响了起来,嘀嘀嘀嘀。马大北面露窘色,捧着手机,说:"不好意思,接个电话。"三炮仗没搭腔,向后一仰,躺在了床上。

马大北接电话的声音很高: "哎……是我,娘1井的老马……哦,肖队长啊,您好,您好……我这里挺好的……放心,没人捣乱……哎哟,就不麻烦你们公安了,你们也挺忙的……不必了吧……什么,你们已经在路上了,一会儿就到啊……你看,这事儿闹的,还让你们跑一趟……嗯……好,我等着,哪儿也不去……嗯,一会儿见。"

"谁的电话?"三炮仗从床上坐起来,直着腰问。

"油城刑警队的肖队长,他承包这口井,非要来瞧瞧,我不让他们来吧,他说已经在路上了,说一会儿就到,你说我这里有什么好瞧的?事儿就是多。"马大北有些赌气。

"既然老哥儿有客,我们也不多待了。"三炮仗说话就要走。

"别啊三哥,赶得早不如赶得巧,一会儿肖队长来了,三哥还得帮我陪陪客呢。肖队长能喝,我一个人可陪不了他。"

"今天不行喽,我刚回来,还有点事,改天吧,改天我请老哥儿喝酒。"三炮仗说着,领着几个瘦子出了门,急匆匆地走了。

马大北握着玩具手机,掌心里出了一层汗,黏乎乎的。

6

俗话说,躲得了初一,躲不过十五。马大北知道自己是绕不过三炮仗这道坎儿的,他可不能打没有准备的仗。三炮仗走后,马大北没闲着,拿着锯弓爬上油罐,折腾了半天,又用棍子、铁皮、刀子绑了一个简易的长矛。这些东西,对付三炮仗是远远不够的,马大北知道,但除此之外,他想不出什么法子了。

其实,马大北可以向队上说,这叫汇报。可马大北不想汇报,不想汇报三炮仗的事,更不想汇报眼睛的事。伙计丢了后,他和三炮仗之间的事已经不再单纯是油的事、井的事,而是另外一件事。至于什么事,马大北说不清楚,但他知道那是他自己的事,这事告诉别人是不成的,告诉队长不成,告诉疙瘩娘也不成。因此,拉油的罐车来了,队上保养发电机的车来了,马大北都没说。自己的事自己解决,马大北就是这样想的。

眼睛上那层纱越来越厚了,光线透进来得越来越少了,许多物件在马大北的眼睛里已经形不成反射了。但马大北不担心,一点儿也不担心,对于娘1井,对于从娘1井到疙瘩娘家的路,他已经足够熟悉了,熟悉得不用看也不会走错。马大北知道,自己这两扇窗户离关上不远了。所以，当眼前完全黑下来的时候，他并没有着急。迟早都会关上的，急什么？

伙计的事把马大北和疙瘩娘的别扭冲开了。马大北对疙瘩娘解释说，那晚自己是过不了心里的那道坎儿。疙瘩娘说她懂，说马大北是个重情重义的人。马大北说他回去后心里也不好受，一闭上眼就想起疙瘩娘。疙瘩娘说她知道，她面子上端着，心里其实也惦记着马大北呢。马大北说等三炮仗的事了了，就找个日子规规矩矩地上门提亲。疙瘩娘说哪有那么多规矩，都是过来人了，简简单单地就好。

…………

许是傍晚的时候，疙瘩娘差疙瘩来叫马大北过去吃饭。傍晚是好时候，傍晚过后有很长的夜可以消遣，可以听疙瘩娘翻来覆去地讲她那砸死在矿井里的丈夫，可以睡觉，也可以做点更有意思的事。

过了心里的坎儿后，马大北对男女间的那点事竟有些向往了，他一直等着疙瘩来叫他。现在，他终于等来了。

疙瘩在前面蹦蹦跳跳地走，马大北在后面跟着。即使没有疙瘩的脚步声，马大北也知道哪儿是哪儿，眼睛看不见了，耳朵却灵敏了起来，仿佛睁开了另外一双眼睛。现在，他们走上木桥了，马大北能听到娘娘河里的鱼说的话、唱的歌，也能听到水的声音，水被鱼穿透的声音。现在，他们走上村前那条土路了，路边上草里的虫子振动着翅膀，马大北想那是只披着盔甲的虫，翅膀咯吱咯吱的。现在，他们走进十八营子了，树说话，风也说话，喋喋不休的，碎嘴子。马大北知道，往前该拐弯了，这里的墙上晒着陈年的辣椒，红的，像红嘴巴，会咯咯咯咯地笑。现在，他们走进疙瘩家了，疙瘩娘说："大哥，来了。"

"来了。"马大北应着，径直走进屋，走到炕边，脱了鞋盘腿坐了。对于这一切，他太熟悉了，知道在哪里抬脚，在哪里拐弯，在哪里用手撩开布帘子。

疙瘩娘准备好了，马大北闻到了菜香、酒香、疙瘩娘身上的香，现在疙瘩娘在他对面坐着，他闻到了杏花的香。马大北知道，疙瘩已经吃了，在院子里骑着凳子遛马，又过了一会儿，疙瘩跑出去了，马大北听到院门转动的声音。

"大哥，三炮仗他们没去捣乱吧，这两天心里老记挂着。"疙瘩娘边给马大北满酒边说。

"没有，放心，小泥鳅翻不起大浪。"马大北准确地捏起杯子，浅浅地抿了一口。马大北是很会享受的，他知道，和疙瘩娘在一起喝酒，小口小口地抿才有滋味。

"俺就是相中你这点，三炮仗把十八营子闹得鸡飞狗跳的，连村里的壮年都怕他，可你不，你能对付他，俺就是相中你这点。"疙瘩娘说得美，举起杯子抿了一口。

两个人你一口、我一口，酒就慢慢地在两个人的身体里烧着了。马大北感觉到疙瘩娘的身体绕过桌子挪过来，香气浓了，比酒浓，浓得马大北晕眩了。

疙瘩娘把身子挤进了马大北的怀里，就像一把木柴挤进燃烧的火里，立时噼噼啪啪地蹿出了火苗。马大北的手被火苗烤得不听使唤，哆哆嗦嗦地解疙瘩娘的扣子，费了半天劲，一个也没解开。疙瘩娘咯咯地笑起来，每一声笑都挑衅着马大北的神经。马大北急了，他一使劲，把疙瘩娘的上衣扯开了，又伸手去扯裤子。这时候，疙瘩娘却一下子挣脱了坐起来，尖声说："该死的，天狗吃月亮呢？"

"月食？你说月食！"

"啥月食？天狗吃月亮，正吃得欢呢。"

马大北心里一沉，说："月食，这叫月食！"

"管它叫啥,疙瘩娘边穿衣服边说,我得把疙瘩找回来,这天象不好,疙瘩爹死的时候就这样。"

马大北和疙瘩娘来到街上,疙瘩娘站在街边喊:"疙瘩!疙瘩!"街上空洞洞的,没人搭腔,倒是有几声狗叫,高高低低的。

"莫不是到了井上?"马大北问。他问得有道理,伙计在的时候,疙瘩经常一个人跑到井上玩。疙瘩喜欢井,喜欢油味儿,他曾很认真地问:"油香,好吃吧?"马大北说不好吃,油有毒,吃了烂肠子。疙瘩不信,过几天还问,马大北还说烂肠子。疙瘩还不信,最终没经住诱惑,偷偷地掰了块油吃,吃得嘴里黑乎乎的。那次,疙瘩娘急了,马大北傻了,他们不知道疙瘩吃了多少,便用棉纱蘸了汽油擦。依着疙瘩娘的意思,是要给疙瘩灌点汽油的,马大北懂,没让。好在疙瘩没事,肠子没烂,依旧吃得下、屙得出,依旧撅着黑黑的屁股喊:"娘,擦腚。"只是在打嗝儿的时候,能嗝出点油味儿来,疙瘩便噘着嘴,追着娘让她闻,这成了那段时间疙瘩最喜欢的游戏。

马大北便和疙瘩娘一起往娘 1 井赶,疙瘩娘赶得急,马大北的视线让天狗吃了,有些跟不上了。

7

疙瘩果真在井上,不只他自己,还有四个人,一胖三瘦,一高三矮,胖的那个人叫三炮仗。马大北不用看也知道那是三炮仗,听声听得出,闻味闻得出。

疙瘩撅着腚,裤子被人拽到了脚脖子,正哇哇地哭。疙瘩娘边喊疙瘩边冲过去,一把推开旁边的瘦子。

三炮仗说:"老哥儿,我们来讨酒钱了。"

马大北说:"别难为孩子。"

三炮仗说："那是那是，乡里乡亲的，再说，他娘是你的老相好，兄弟咋会跟老哥过意不去？"

马大北不说话了，他听到了车响，不小的车，正往油罐跟前靠。

马大北开了值班室的门，坐在门槛上，对疙瘩娘说："你们娘儿俩先回吧，这儿没事。"

"别急，别急，"三炮仗蹭过来，"事儿办完了再走不迟。"说完，他走进值班室，把柜子上的手机拿了出来。

那是疙瘩的手机，是马大北送给他的礼物。疙瘩很喜欢这个礼物，装了电池，用手一摁，嘀嘀嘀嘀地响，和真的一样。现在，手机响了，嘀嘀嘀嘀，三炮仗笑着说："老哥儿，刑警队的肖队长又给你打电话呢，快接，快接。"三炮仗说着，用手摁着马大北的头，哈哈笑着。

疙瘩冲过去，一把抢过手机，抱在怀里。三炮仗恼了，一脚踹过去，没踹着，倒把自己闪了一下，一条瘸腿在地上晃。马大北想站起来，他已经摸到门后那支简易的长矛了。三炮仗掏出了家伙，在马大北脸上蹭来蹭去。马大北感到那东西圆润、冰凉，冒着寒气。猎枪，一定是猎枪。马大北稳了稳，重新在门槛上坐实了。

现在，那些人在抬梯子，马大北听到梯子撞击油罐发出的声音。有人爬上去了，咯吱咯吱，梯子的骨头发出脆响。马大北向后背着手，偷偷地握紧了长矛。

"哐——"

梯子塌了，从中间拦腰折断，梯子上的人重重地砸在地上。

"咋了？"三炮仗喊着颠了过去。

马大北握着长矛冲了过去。

地上的人还没反应过来就被一个硬硬的东西抵住了小肚子，

他想动，但动不了，那东西抵得很瓷实，瓷实得让他感到害怕。

这是一个场景，马大北自己看不到，但他能感觉到四周的寒气越来越盛、越来越锋利。天上的月亮已经被天狗完全吞没了，夜空失去了主宰，星星发出叛逆的寒光。地上，抽油机还在缓慢地磕头，发电机的呼噜还保持着惯有的节奏。在油罐的下方，一辆改装的罐车停着，地上的人也停着。马大北握着长矛抵住地上躺着的人，他们都不敢动。三炮仗和另外几个人也停下了，但只停了一会儿便围拢在马大北四周。再往外，是疙瘩和疙瘩娘。两人惊恐地看着发生的一切。

这个场景是被三炮仗打破的，他缓缓举起了枪。

马大北不知道这些，他在想下面的步骤，甚至想到了伙计，那条跟随他多年的狗。

"不要——"

马大北听到疙瘩娘凄厉的喊声，听到她奔跑。接着，他听到了枪响："砰——"那种沉闷的声音。马大北松开长矛，向刚刚听到声音的地方扑过去，但晚了，疙瘩娘躺在了地上。杏花绽放的香味，瞬间被血腥淹没了。

马大北抱着疙瘩娘，体内的汽油被点燃了。此刻，他就是一枚汽油弹。这枚汽油弹即将爆炸，以它与生俱来的威力，烧毁这里的一切。

有叫声，呼呼地在肚子里滚。一阵风斜插过来，马大北听到了人的嘶叫，三炮仗的、瘦子的，听到了他们的惊呼、骂声和呻吟。伙计回来了，这头饥饿的狮子回来了。在丢失了许多天后，伙计在最关键的时刻出现了。谁都不知道它去了哪里，不知道它遭遇了什么。这不重要，重要的是，在月亮被吞没的时候，它回来了，回来得正是时候。

马大北喊："伙计，伙计！"

疙瘩喊:"伙计,伙计!"

这时,枪再次响了,响了两声,砰——砰——

枪声的后面,是三炮仗撕心裂肺的惨叫声。

然后,安静了。

当月亮重新回到天空的时候,娘1井也重新明亮起来,仿佛什么都没有发生。

穿越热带低压

1

窗帘一撩,外面的湿气漫进来扑在人身上,混进捂了一夜的汗,腿、脚、神经就被粘住了,人像撞上蜘蛛网的虫子,越动粘得越紧。白小曼坐在床边眼圈儿红红的,安石想说什么,但终于没张嘴,他从床头柜上抽出一支烟,边吸边把目光投向窗外。

窗外霾很重,天空像被水浸透的棉被,湿漉漉地捂着下面无精打采的草木和楼群。雨还没有下,安石想如果这时候下起雨来,那件事也许能往后拖一拖。这些天,白小曼一直劝他放弃,说总有别的办法。安石也犹豫过,但思前想后都只有这一条路能试着走走。这条路也许是根救命稻草,也许是根上吊的绳子,安石搞不清,可再差又能怎么样呢?横竖是个死。

早饭白小曼没吃,吧嗒吧嗒地掉眼泪。安石强忍着没搭腔,仔仔细细地把饭吃完。他吃得很慢,一粒米一粒米地嚼,直到碗里一粒米都没有了,才放下筷子,伸手把白小曼揽过来。白小曼在他怀里啜泣着,身体一抽一抽,抽得安石眼圈儿也红红的。

安石想得交代交代了。他起身取了钥匙,一枚一枚地说这是柜子的那是抽屉的。白小曼哭着说她不要，边说边摇晃着头，像半大的孩子。安石钳着白小曼的双臂，音调噌地高起来，几乎就是吼了："你得要，一把一把都给我记清楚了。"白小曼从没见过安石这样，有点怕，委屈地点了点头。

  在安石看来，白小曼从来都是个孩子，奔四十的人了，还一脸的没心没肺。两个人从洗衣机厂下岗那会儿，安石整天愁得睡不着，白小曼却满不在乎，边做饭还边哼唱着《茉莉花》，仿佛下岗跟她无关似的。那天安石晃悠了一天也没找到工作，垂头丧气地回了家，在楼道里却听到白小曼的歌声。他开门进去，见白小曼拿着一个纸筒，站在沙发上扭着身子唱，他们的女儿阳阳则在对面欢快地伴舞。当时，安石很生气，狠狠地发了一顿火，白小曼和阳阳吐着舌头，乖乖地站着等他把火发完。看到她们这样，安石也没有办法，谁让自己找了一个小媳妇呢，活该倒霉。晚上吃过饭，白小曼和阳阳见安石还气呼呼的，便不言不语地拎出一个袋子，取出板子、铁丝、胶和颜料，对着图纸粘起来。安石问："做什么呢？"阳阳响亮亮地回答："装饰画，一张十块钱，老妈找的。"白小曼则抬起头来笑吟吟地看着安石，很得意的样子。

  许是在洗衣机厂幼儿园打下的功底，白小曼做装饰画很熟练，一个月能挣八九百，除去日常开支还能攒下四五百。与白小曼相比，安石却一直没寻到合适的工作，最后在白小曼的提议下开了家维修店，专修小电器，算是安稳了下来。

  家里的大事小情都是安石把持，并非安石想当这个家，他也是被逼无奈，因为白小曼根本没有当家的想法。她被安石宠坏了、宠懒了，整天丢三落四，没有章法，例假来的时候连卫生巾都让安石帮着找。这是安石最不放心的地方，所以他要好好地交代交代，甚至在前几天决定要做那件事的时候，就用本子将要注意的事项一条条地列了下来。

现在，他交代完了钥匙，又起身把备忘录拿出来。白小曼捧着备忘录，身体抽动得愈发厉害。

白小曼提出要给安石洗澡，说："以前是你给我洗，今天我要给你好好地洗一洗。"安石说要办的事很多，时间不允许。但他拗不过白小曼，尤其不能看白小曼吧嗒吧嗒的泪珠子。

白小曼很用心地调好了水，又很用心地把拖鞋、洗发水、沐浴液等摆好。安石看她专注的样子，觉得像是小女孩儿在玩过家家，心里便更不安了。他抬眼看看窗外，天空还阴着，雨也还没有下。他想，如果这时候下雨那件事情也许能够拖一拖。

在浴室里，白小曼仔细地给安石揉搓着身体，她想不通这样健康的身体怎么会有病呢，而且不是小病，是能要人命的大病。想不通归想不通，白小曼知道病是事实，城里几家医院的诊断结果都一样，怎么会有错呢？白小曼边揉着、搓着，边掉眼泪。这些天她的眼睛一直浸泡在眼泪里，肿得都快睁不开了。她想再劝一次，劝安石打消那个想法，便从后面抱住安石，把脸贴在他的背上说："非得这样做吗？咱们可以把房子卖了，不行再借点，总有办法的。"

安石转过身来抱住白小曼，在她耳根下轻声说："又犯傻了不是？这房子卖了你和阳阳怎么办？即使卖了钱也不够，不是差一点儿半点儿，光靠借是借不来的。咱们得为阳阳多打算，转过年去就该高考了。"

"那你呢？我真是怕，怕你出事。"

"放心，我都计划好了，不会有事的。"安石努力让自己的声音松弛些、柔和些。

白小曼还想说什么，安石没让，吻住了她的嘴。两个人在浴室里缠绕、起伏、融化，喷头的水冲刷着他们的身体，也冲刷了他们的泪水。白小曼哭了，安石也哭了，浴室里溢满了白色的水雾。

2

云压得很低，仿佛已漫过高处的楼顶。安石想那云如果继续压下来，地面上的一切是否会被淹没，进而全部窒息死亡。

这应该是一场罕见的雨水。昨天天气预报说本市将遭受有史以来最猛烈的热带低压的袭击，未来两天有强烈的降水，并再三告诫市民要减少外出。路过钟楼的时候，安石特意看了看时间。他很矛盾，一方面希望这雨痛痛快快地下来，另一方面又怕这雨会使白小曼迷路。走出家门的那一刻，他已下定决心要做那件事了。即使下雨，他也不会再拖下去。

而雨只在半空悬着，迟迟不往下落。它们似乎在考验人们的耐心，在不远的地方摆下阵势，但鼓不擂旗不摇，并不急着进攻。

一路上安石都拉着白小曼的手，仿佛一松手就会走丢了似的。这样子多少有些怪，仿佛一个人拖着一个人，而后面的人是不想走，屁股不自觉地下坠，脸上也写满了不情愿。好在大部分市民是惧怕热带低压的，街上行人不多，没有人注意这对并不年轻的男女。

走到那栋楼下的时候，白小曼迟迟不肯进去。这是多年前他们俩领结婚证的地方。那也是个雨天，但雨不大，淋在人的头发上，只薄薄的一层，飘到脸上也是清爽的，微微地有些痒。

那天他们也是步行来的，其实也不是步行，是一路跑着、跳着来的。白小曼像一只兴奋的小燕子，在安石前后不停地翻飞，还清脆地唱着歌。那时候这附近还多是些平房，只这一栋楼，外面刷着暗红色的涂料，显得古朴而雅致。

在楼下，白小曼停下来，和安石肩并肩望着楼，很敬畏的样子。她说她紧张，说："你摸摸你摸摸，心就快跳出来了。"安石刮了她的鼻子，说："一会儿从这栋楼里出来，你就是我安石的人了，要是不听话，小心我打屁股。"

"你敢，我要你一辈子对我好。"

"放心，我一辈子对你好。"

"一辈子不离开我。"

"一辈子不离开你。"

那时候他们是无法预料有一天会重新来到这里的，白小曼想不到，安石也想不到。但安石没有别的路可走了，自从查出那病后，他想了很多，甚至想到过死。死的确是一条路，但是一条死路。安石不想轻易地死，他不放心白小曼，也不放心阳阳，他需要的是一条活路。

如今，这周围的平房都不见了，取而代之的是高耸的楼房，还有尖顶大厦，而那栋楼还是矮矮的两层，楼身上挂满了爬山虎，远望过去像披着斑驳的毯子，在阴沉的天气里，显得陈旧而没有生气。

"我不离！"白小曼坠着屁股往后拽。

"小曼听话，咱们不是都说好了吗？"

"不，我不。"

"听话，小曼。"安石说着手上加劲儿往里拖，白小曼就尖叫起来。

楼下几个人正往玻璃门上贴"米"字形防风胶带，听到尖叫声便一齐转过头来。安石说："别闹，别闹，人家看着呢。"又压低声音说，"白小曼，你怎么这么自私呢？得多为阳阳想想，她长大了得找工作得结婚，你不能让她抬不起头来。"提到阳阳，白小曼安静了，可眼睛里的泪却越发汹涌，决了堤似的。

二楼办公室里有个老女人，安石和白小曼进来的时候她正在收拾东西，并把东西摔出沉闷的响声。

安石说明来意后，老女人并没有停止摔打，反而摔得更用力了些，嘴里也发着牢骚，大意是这样的鬼天气还上班等等。安石不得不把刚才的话重新又说了一遍，老女人恼了，说添什么乱，回家考虑清楚再来，一个个吃饱了撑的。白小曼听了她的话就准备往外走，安石扯住她，从口袋里掏出结婚证啪地拍在桌子上。这时候他的眼睛里一定是有凶光、有杀气的，老女人被他镇住了，瞬间竟有些恍惚，接着口气也微微软了下来。

老女人按照程序是要调查调解一番的，她在桌子后面坐下，翻开结婚证，问："这是你们两个人的意思？"安石说是，老女人又问，"不再考虑考虑了？"安石说："不了，都考虑好了，孩子财产都归她。"

他们两个说话的时候，白小曼想插嘴，都被安石用眼神压了下去。

老女人啰啰唆唆地问了一大堆，最终给他们办理了离婚手续。安石拿着离婚证，拉起白小曼就往外走。在门外，白小曼再也无法控制自己，抱着安石哭了起来。老女人探出头来，说："刚才干吗来着？现在跟哭丧似的，要哭回家哭去。"安石投过去恶狠狠的目光，那一定是有凶光、有杀气的，老女人把话儿截住，忙缩了头重重地关上了门。

白小曼哭着问："这就离了？"

"离了。"

"从今往后咱们俩就没关系了？"

"没关系了。"

白小曼挣开安石的手，洒着泪花向楼下跑去。

3

云又往下压了一层，大街上愈发地闷热起来。安石追上白小曼重新扯住她的手，身上的衣服被汗浸透了，紧紧巴巴地黏着皮肤。他拉着白小曼在街旁的石凳子上坐下来，看着来往的车辆。

大街上人少了，车却比平时多了，一辆辆摁着烦躁的喇叭，使本就拥挤的公路更加没有了缝隙。白小曼还在一抽一抽地哭，安石劝不好她，便点了支烟，狠狠地吸了一口。安石剧烈地咳嗽起来，身体猛烈地颤抖，仿佛要把内脏都一股脑儿地咳出来。

白小曼一手抚着他的胸，另一只手把烟抢过来，掐了。

两个人都没说话，望着大街上拥挤的汽车。在他们背后，那个使他们结为夫妻又使他们成为路人的灰绿小楼，成为唯一的背景。过了这么多年，它没有搬迁，没有拆除，而是静静地在原地等着他们到来，仿佛冥冥之中一切早已成为定局，就像空气中弥漫的热带低压，想躲是躲不过去的，它堵住了所有的去路。

不知道过了多久，白小曼用手撩着安石的头发，说："头发长了，去理理吧。"说着站起来，拉起安石的手沿街走去。这情形与刚才不同了，刚才是安石拉着白小曼，这时候他们调换了前后位置。安石觉得从那楼里出来的白小曼突然间长大了，心里竟有些酸。

这天气理发店里没生意，两个女孩子正在门前用填了沙子的塑料袋筑坝，筑了三层，快一膝高了，结结实实地在门前围了半个圆。她们还是不放心，又蹲在半圆里用手把沙袋拍紧，并用拖把、小凳、砖等在半圆里顶着坝壁，像个结实的小工事。她们做得热热闹闹、嘻嘻哈哈，白小曼和安石在她们前面站了好一会儿，她们也没有发觉，像两只贪玩的小兽。

"请问，你们现在营业吗？"白小曼问。

"营业，当然营业，请进请进。"小兽们停止了嬉闹，一个把他们往里引，另一个则提醒他们小心脚下，别绊着，又嘻嘻哈哈地说，"这里地势低，下点雨就往里灌，雨下大点我们这里都能开澡堂子了。"

店内的空调开得很低，凉飕飕的，白小曼和安石突然进来竟有些冷，身上的汗立即便收了，皮肤也缩紧了，不再那么松垮和黏稠。前几年白小曼就想装台空调，安石没同意，当时阳阳刚上高中，钱正紧，再说空调吃电厉害，一年又用不了几个月。去年，安石想如果白小曼再提空调的事儿就买了，白小曼不提他是不会提的，这就像家长对付孩子，孩子不提买玩具的事家长是不会提的，即使孩子提了家长也要权衡一下，实在对付不过去了再买，这样孩子才能珍惜，才知道万事不易。但白小曼没提，她似乎忘了，没心没肺地在电风扇下哼着《茉莉花》，黏着装饰画，很自得的样子。这样，家里就一直没装空调，那个电风扇还是结婚的时候买的，已经修过几次了，好在还能转。这时候安石有些后悔，早知如此该装一台的。

店里还有个小伙子，正坐在转椅上抬头看着墙角上方悬挂的电视，见有客人来急忙起身，问："二位做头发是吗？"

白小曼说："我不做，给他理理发。"

小伙子应着。刚才引他们进来的女孩给安石套上罩衣，引他到洗发池前躺了。安石闭了眼，任水清爽地冲刷，任那女孩轻柔地搓洗。他很放松，几乎就快忘了自己要做的那件事了。虽然他对白小曼说自己计划好了，但真要是实施起来他却一点儿信心都没有。他甚至有点怕，怕那个结果更怕那个过程。即使一切顺利，他也没有把握治好自己的病，毕竟那条路是道听途说的，那里的情况他不了解，他没有这方面的朋友。

坐在转椅上安石看到了自己的脸，狭长、被烟草的焦油浸染过的灰黄、深陷的眼窝儿，以及下面突出的眼袋。他似乎看到了自己死后的样子，进而感到脸上的皮肤从耳根处开始剥落，肌肉也跟着一块块掉下来，仿佛秋天被风吹落的树叶。这感觉一度让安石沉醉，让他从周围的事物中脱离出来。

"老板想长点还是短点？"小伙子站在身后问，把安石从虚幻中拖回了现实。

没等安石回答，白小曼就指着墙上贴的一张人像说："要那样子的。"

安石抬头看，见是一幅美国篮球明星的图片，头顶像刚抹平的天花板，头发一根一根直挺着，仿佛齐刷刷的短刺。

"理个光头吧。"安石说。

"不，就要那个发型，我想让你精神些。"白小曼很坚决。

安石不想在头发上争，这没什么意义，无论什么发型都无法改变他体内正在进行的异变，也改变不了那件事。而做完那件事后，发型就更没有意义了。随白小曼吧，安石想，反正也保持不了几天。

小伙子很熟练地让剪刀发出一系列富有节奏感的脆响，白小曼不放心地在他身后监视着，通过镜子的反射，安石能看到她紧张的表情。白小曼双眼红肿，整张脸微微有些下垂，她在不经意间老了，安石痛苦地闭上了眼。

墙角的电视里男女两个主持人用纯正的普通话说着天气，他们用到了一个词——穿越，大意是说热带低压即将穿越他们所在的城市。对此，安石不抱太大的希望。如果可能，人们应该动起来，安石想，不能无所作为地等待被穿越，应该起身奔跑，去穿越眼下这个鬼天气，跑出它的掌心。

当金属的碰撞停止时，小伙子托起安石的下巴，像对待作品一样从镜子里反复打量。安石睁开了眼,他不认识镜子里的人,这陌生的感觉很好。

小伙子对自己的作品很满意,说:"看,多棒,要是再换身运动装,都能当广告模特了。"另外两个女孩子也叽叽喳喳,用同样的话附和着。

"对,运动装。"白小曼被小伙子提醒了,付了钱,拉起安石就往外走。这时候的白小曼近乎着了魔,不知道被什么控制着,一根筋地做着她想做的事,显示出从未有过的坚定。安石怎么说也没有用,只好随了她,在一家体育用品商店,换了一身运动服。

4

湿淋淋的云搭在五楼的阳台上,下面的空间被挤压成了一个密不透风的盒子,光线挤不进来,黑暗便提前降临大地。街边的商铺都亮起了灯,街上的车也闪着,像被热气窒息的甲虫,艰难地向桥上爬去。

安石明显被这天气吓住了,他觉得自己仿佛置身于黑色的火药中,只要碰到火星就会发生剧烈的爆炸。他仿佛忘记了自己要做的事情,紧扯着白小曼的手说:"赶快回家吧,一会儿雨一来,想回也回不去了。"

白小曼没说话,也没放缓脚步,自从办理了离婚手续,她就变得坚定起来,眼睛里泪水没了,里面填满如铁的固执。这让安石很担心,他怀念起白小曼长不大的样子。

白小曼拽着安石走上桥,看着桥下黑滚滚的水说:"要是没有阳阳,我就和你从这里跳下去。"白小曼说得很冷静,安石叹了口气没说话。

在桥下，白小曼把安石拽进了一家饭店。已是中午，饭店里还空落落的，恶劣的天气对这里的生意产生了很大的影响。白小曼选了一个临窗的位置，两个人相对坐了，服务员顺手拉开了低垂的灯，他们便被拢进了淡黄色的光里。

安石已经忘记上次两个人一起进饭店的情景了，生活的拮据使他们很少来这样的场所。在他们居住的小区外面，也有几家饭店，但对于安石和白小曼来说，他们没想过饭店和自己有什么关系，那是他们生活之外的别人的生活，是无关的事。在这座城市里，有许多和他们一样的人，他们曾是这座城市最早的主人，却也最早被这座城市抛弃了。这样说也许不太公平，安石想，是他们自己走得慢了，不怨城市，要怪也只能怪自己越来越无力的腿。

也许是灯光的缘故，白小曼的表情柔和起来，虽然没有恢复到原来的悲戚，却也不再那么坚硬了。安石觉得自己应该利用这个机会和她谈谈，谈谈之后的事情，两个人离婚了，之后的事情需要白小曼自己承担，那不是几分钟的坚定就能解决的事。

他说："铺子盘出去了，钱我没存银行，放在卧室床头柜的抽屉里，回头你取出来存上；离婚证你收好，别丢了，假如有人找事，你就拿出来给他们看，告诉他们，我的事与你无关；要是爸妈找，你就推到我身上，就说我出了轨，前几天我写了份悔过书，夹在那个本子里；爸妈日子过得紧，你有空多去看看，替我尽尽孝心；阳阳那边别亏了钱，这时候正是关键时期，营养得跟上……"

安石说的这些，白小曼不知道听进去没有，她仿佛在听，又仿佛心不在焉。为了使自己专注些，白小曼不停地给安石夹菜，弄得安石越说声音越小，渐渐地，声音小得像在说悄悄话了。

很快，安石沉浸在自己的声音里，仿佛回到多年前洗衣机厂的紫花长廊。那是安石和白小曼经常去的地方，不只他们，厂里所有恋爱中的青年男女都会在那里出现，相隔不远却有隔绝的世界，用最低的发音维系着界限。这场景安石已经多年没有想起了，似乎早就忘了，现在却执拗地浮现在脑海里，赶都赶不走。安石意识到这一点，他把脸转向窗外，抬头看着头顶上一点点压下来的厚厚的云层，心里也渐渐地暗了下来。

这顿饭仿佛改变了什么，走出饭店后白小曼柔软了下来，安石牵着她的手慢慢地向前走。路过电信大楼的时候，他们看到一个乞丐在街边爬，白小曼跑过去将两元钱硬币扔进乞丐的碗里，这样做她很开心，回来重新握住安石的手时竟挂了一个淡淡的笑容，虽然时间很短，但还是被安石捕捉到了。

5

在学校门口，白小曼向门卫值班的老头儿说明了来意。老头儿从里面探出头，上下打量着安石，很不信任的样子。安石知道，是自己刚做的发型起了效果，他努力地扯动嘴角的皮肉，想扯点笑容出来，但最终没能成功。

"这是我老公。"白小曼解释着。老头儿缩回了头，电动大门缓缓地打开了一道窄缝。

此时还没上课，校园里几乎见不到人。几座白色外墙的楼被头顶的黑云罩着，显得极为痛苦。前面不远的地方，一只棕毛小狗窜出来，冲着安石用尖细刻薄的声音吠。"学校里怎么能养狗呢？"安石非常不满地对白小曼说。白小曼却好似喜欢那狗，说："也许是老师养的，挺好看的。"安石没再说话，他盯着那狗，那狗也盯着他，而且吠得愈发厉害。不知道什么原因，安石突然松开白小曼的手奔跑起来，追上那狗狠狠地踢了一脚。那狗呻吟着打了个滚爬起来逃了，安石站在原地，胸腔里滚出剧烈的咳嗽。

在宿舍楼的下面，安石坐在花坛边儿上吸烟，胸腔里的咳嗽似乎只有用烟才能遏制，这是以毒攻毒的法子，是最具杀伤力的法子。

一支烟还没吸完，阳阳就从楼里冲出来了，像只闹哄哄的蜜蜂。她抢过安石的烟，噘着嘴说："不是戒了吗，咋又吸上了？"白小曼从楼里出来，阳阳又说全怪老妈管教不严。

因为害怕影响阳阳学习，安石和白小曼没告诉她爸爸生病的事，这几乎是他们拿到诊断结果后做的第一个决定，也是最没有异议的决定。此时，看到阳阳一脸的明亮，安石心里竟有些感动，他拉过女儿的手，问了学习的事、生活的事，又嘱咐说要注意安全、注意饮食、注意身体，甚至注意别早恋，等等。也许他说得太细了、太多了，阳阳一脸狐疑，问："怎么了，老爸，今天也学老妈唠叨起来了？这可不是您的作风，没出什么事儿吧？您可别吓我。"

"能出什么事儿？你爸就是不放心你住校。"白小曼接话说。

"嗨，我又不是小孩子，倒是你们俩，什么时候来看我不行啊，非得挑这么个天气，天气预报可说有大雨呢，我们学校初中部都停课了。"

安石抬头看了看天，说："你在学校里安心学习，别顾虑我们俩，这天气不好，我和你妈先回去了。"

阳阳应着，挽起安石的胳膊小声问："老爸，老实交代，是不是欺负老妈了？老妈眼睛都肿了。"

"你问问你妈，我敢欺负她吗？这几天她晚上睡不好，熬的。"

见父女俩嘀嘀咕咕，白小曼问说什么呢，鬼鬼祟祟的。阳阳嘻嘻笑起来，歪着头说："说你坏话呢。"

安石说:"别闹了,赶快回去准备上课吧,我们走了。"说完,两个人告别了阳阳,离开了学校。在路上,他们又遇到了那条狗,依旧歇斯底里地吠,因为曾吃过亏,那狗躲得很远,但安石知道,它是冲着他来的。

6

云似乎停滞不动了,但却越来越黑、越来越结实了,仿佛悬在头顶上的一块巨大的铁,随时都会砸下来。

安石让白小曼回家,他拦了一辆出租车,但白小曼不肯进去,安石发了火冲着白小曼吼,白小曼就哭起来,边哭边央求着。没办法,安石领着白小曼继续走,他有他的目的地,很明确的目的地。

经过一家杂货铺的时候,安石让白小曼等着,自己走了进去。

"老板,有刀卖吗?"

"啥刀?"

"什么样的都行。"

柜台内搭话的是个肥胖的女人,因为肥胖的缘故,在柜台内的来回动很局促。她费了半天劲儿才取出长的、短的、宽的、窄的各式各样的刀,摊在柜台上,喘着粗气看着安石。安石一把一把地试着,用拇指的指肚小心地试着刀刃。

"放心吧,都快着呢。"女人有些不耐烦。

"不是,"安石问,"老板,有没有那种钝一点的,没开刃儿的那种?"

"没有,谁买刀不买快的,又不是砌墙的瓦刀?"女人一脸的不屑。

安石又挑拣了一番，最终买了一把短刀。

见他出来，白小曼急忙过去握住他的手，声音颤颤地问："买了？"

"买了。"安石露出刀锋，白小曼看了眼，身体剧烈地抖动起来。安石急忙把她拽进旁边的胡同。

"能不能不做了？求你了。"白小曼急得哭起来。

"不是都说好了吗？你现在就回家，赶快回家。"

"不，要回一块儿回，回去咱再想别的办法。"

"哪还有别的办法？"

"有，一定有的。"

安石扳过白小曼的肩膀，非常郑重地说："只有这个办法能救我，能救咱们这个家，你不想看着我病死对吗？"

白小曼摇着头。

"那就对了，你赶快回家。"

白小曼依旧摇着头。

安石急了，掏出刀子对准自己的胸口说："你非要逼我吗？"

白小曼急切地摇着头。

安石说："那就好，你回家去等信儿，别再耽误时间了。"说完，安石快步向胡同深处跑去。

胡同里填满了热腾腾的水汽，人仿佛被粘住了，每走一步都很吃力。安石跑出一身的汗，终于看到了目的地。

那是胡同外靠左的一个小广场，现在没几个人，有些不知名的虫子胡乱地飞着。这些天，安石每天都会来这里，他在心里默默地计算着即将展开的情节，每一个动作、每一步都在脑海里反复地演练。他知道，如果出现差错将前功尽弃。

安石抬起手腕看了看时间，应该快了。他靠着墙壁，胸腔因紧张而快速地收缩和扩张。一支烟的工夫，两支烟的工夫，那辆蓝白相间的车终于晃着警灯进入了视野，在小广场前停了。安石长舒一口气，暗自庆幸这鬼天气没有扰乱那辆车的规律。他把头探出去，向那边望着。

还是两个人，还是穿着那样的制服。

安石准备行动了，他掏出刀子，紧紧地握在手里。

这时，有人抱住了安石的腰，是白小曼。白小曼不知道什么时候跑了来，在安石即将冲出去的那一刻抱住了他的腰。

"求你，求你。"白小曼快速地重复着这两个字。

安石转过身，眼睛里充满愤怒："谁让你来的？"

白小曼依旧重复着那两个字。

安石努力压着嗓子。为了今天这件事，他已经盘算好久了，不能就这样放弃。他摇晃着白小曼："你想让我死是吗？你想让我死是吗？"

"不，不，"白小曼哭着说，"咱们回家，砸锅卖铁，一定给你治好病。"

"没用的，家里的情况你清楚，现在只有这条路能走。"安石努力放缓语气，捧着白小曼的脸说，"我听人说，到了那里，国家出钱给治，小曼你放心回家等着，等我回来陪你白头偕老。"

白小曼嘤嘤地哭起来。接着，她被紧紧地抱住了，她的唇被深深的吻住了，她的泪和安石的泪搅拌着流进嘴里，那是淡淡的苦、淡淡的咸。她觉得自己就要沉醉在这种味道里了。

这时，一道亮白的光劈开厚重的黑云飞驰而来，后面是奔腾的鼓声。天空进攻了，雨点像无数的箭射向大地。

在这亮光里，安石挥着刀子冲了出去。雨箭被冒犯了，它们呐喊着杀向这个不知死活的人。安石也呐喊着，他的声音从撕裂的声带里刚钻出来，就被雷声雨声吞没了。他是一具奔跑的箭靶，无法发声的箭靶。而箭靶也有自己的靶子，那辆蓝白相间的车，那两个穿着制服的人。为了选择这个靶子，安石费了很多心，他几乎用排除法排除了所有的人，最终确定了这个靶子。只有这个靶子效果最佳，并有能力阻止更严重的后果。

现在，安石越来越接近他的靶子了，三十步，二十步……他已经没有退路了，他握刀的手夸张地高举着，像擎起的旗。那的确像面旗，安石看到雨墙上自己零散的影子。他的背后有光扑过来，带着巨型卡车的轰鸣声。接着，安石被一股强大的力量撞向半空，在那里他旋转的身体切割了数不清的雨线，并最终丢失了刀子。

安石落到地面上的时候砸起了很高的水花。在水花里，他听到了刹车声和白小曼的尖叫声。一种辛辣的红借着雨水漫扬，带着清新的腥气。安石内心的狂躁被这腥气抚平了，平静地看着那两个穿制服的人穿透雨幕向他跑来。

之后，水花聚拢，像关闭了一扇被风吹开的门。

规　矩

1

老槐树上的那个破钟已经敲过三遍了,但还是没有人来。张大连站在土台上向下望,十八台灰色的屋顶浮在灰色的雾气里,像漂在污水面上的泡沫,死气沉沉的。

路上没有人,连只羊也没有,张大连举起锤子,对着破钟又哐哐地敲了几下,但敲也是白敲,张大连知道,不会有人来了。七天了,教室一直空着,连黑板都没有人擦。

七天前这里还有三十六个孩子,十几个大一点的在院子里砸木雀,二十几个小一点的在教室里,大声朗读着《春天来了》的课文。这些孩子都来自底下的十八台,十八台十八个村组,张大连只收了这三十六个孩子,不过也合适,再多那间低矮的教室就放不下了,三十六个一小半上体育,一大半上文化课,正好。

那天,张大连正带着低年级的孩子读课文,就听到一声闷响,脚下的地抖了一下,像打了个寒战。他愣了一下,米养就冲进教室——米养是个男孩子的名字,家在附近的望台村,每天上学都把羊赶过来,人在教室上课,羊在后面的坡儿上吃草,都不耽误。米养冲进教室,扯着张大连的腰带往下拽,急急地说:

"卧倒！张老师，卧倒！"

张大连当然不会卧倒，他拖着米养走出教室。院子里的孩子东一个、西一个，趴在地上抱着头。米养像挂在张大连腰上的一个秤砣，沉着身子往下坠，说："卧倒，快卧倒。"张大连问："卧什么倒？"米养腾出一只手来指着天说："敌机轰炸，快卧倒！"张大连抬头看天，天是一整块蓝色的瓦，瓦下有两架飞机拖过的长长的尾巴，一南一北，互不干扰。他笑着喊："起来，起来，那是客机！"

孩子们站起来，拍打着身上的土。米养松了手问："客机咋扔炮弹溜子？"

"啥炮弹溜子？"

孩子们就把张大连连推带拽地拖到土台沿儿上，指着远处七嘴八舌地吵，说飞机刚到那儿，那儿就炸了。

张大连顺着孩子们手指的方向望，见远处黄腾腾的，弥漫着一团土，心里一惊，回头对米养说："放学了，叫同学们都回家。"说完，他扔下还在愣神的孩子们，扯开步子向那团土奔去。

那团土的下面是一个矿，煤矿，矿主是本地人，大号彭庆安，小名叫岔子。张大连认识他，刚来这里的时候不认识，是彭庆安自我介绍的。现在熟了，有时候矿上没事儿，彭庆安就来村小学找他下棋。彭庆安大字不识一个，下棋却是好手，常常把张大连逼得无棋可走，每每这时，彭庆安就会乐呵呵地哼歌，哼得曲不是曲、调不是调，哥哥妹妹地把张大连哼得很烦，输起来就特别快。张大连有次把棋盘扯了，说："岔子，你再嗡嗡我就不和你下了。"彭庆安急忙去拾滚落在地上的棋子，边拾边笑呵呵地发誓："再也不唱了。再唱，你把我脑袋揪下来当煤球烧。"可说归说、做归做，下次下棋到得意处，他仍哼哼起来没完。张大连没办法，诅咒说唱吧唱吧，唱坏了肚子唱坏了肺，唱得妹妹跟别人睡。张大连这样一说,彭庆安就不唱了,他不怕唱坏了肚子唱坏了肺,只怕唱得妹妹跟别人睡。

彭庆安大张大连三岁,可还独身。按他的条件,别说在十八台,就是在县城省城,也有姑娘任他挑、任他选。可彭庆安不稀罕,他稀罕春叶儿。春叶儿小他五岁,家住照台村,和望台村隔着一条小沟,彭庆安站在家门口,就能看到春叶儿家门前的老柳树,就能看到春叶儿攀着梯子爬到树上,往一个椭圆的鸟窝儿里送米。他能看到鸟窝儿里春天将过的时候有鸟飞出来,摇着崭新的翅膀,能看到春叶儿的胸脯一天比一天丰满,像掖着两只肥硕的兔子。

彭庆安喜欢春叶儿,十八台的明眼人都知道,他们替春叶儿赞叹,说恁好的命,说着说着就有了富贵。他们还知道春叶儿一直没松口,一直远远地钓着、馋着彭庆安,他们替彭庆安鸣不平,说咋就不开通,十八台的好闺女多得很,哪能在一棵树上吊着。张大连也认识春叶儿,他在屋里讲课,日子好的时候春叶儿就在窗外听,有时夜不深的时候,他会给春叶儿念自己写的诗和小说,会在没有人的教室里,在黑板上写春叶儿大大的名字。彭庆安知道,他碰到过,他对张大连说:"你喜欢春叶儿,我也喜欢春叶儿,咱俩是情敌,啥时候你下棋胜了我,我就把春叶儿让给你。"张大连很不喜欢他这样说话,但私下里还是很用功地钻研棋艺,但无论怎样钻研,他都胜不了彭庆安,不得不忍受彭庆安曲不是曲、调不是调的糟糕的歌声。

张大连跑到矿上的时候彭庆安正在清点人数。彭庆安的脖子上生出了红色的岔子,额头上的血管也岔着,像头血红的兽。在他的身后,矿洞口张着大嘴,正一股一股地冒着黄烟,在上方的空中,聚成一团土做的云朵。

瓦斯爆炸,张大连听到了这样的词。

一个人不在，两个人不在，十个人不在……彭庆安疯了，在煤渣堆上抄起一把铁镐就往矿洞口奔，其他人抱住他，夺下他手里的镐，把他扑倒在地上。彭庆安蹬着腿，两只手在地上乱抓，撕心裂肺地喊着一个个名字，撕心裂肺地哭。张大连见他的手抓出了血，急忙上前摁住，喊："岔子，岔子。"彭庆安泄了劲儿，哭着说："十八条人命啊，全完了！"张大连脑袋里嗡地一震，接着喊："救人要紧，也许有活着的啊！"

　　救人的事忙活了三天，十八台的劳力来了一大半，生生挖了三天，挖出来十二具尸体。这三天，矿井上都快被眼泪和哭声淹没了，女人们带着孩子在矿洞口等着，等着的女人是不哭的，哭了不吉利。等洞里挖出人来，女人认准了才哭，哭得昏天黑地的。还有六个人没上来，还有五个女人、一个老汉在矿洞口等着，彭天天十七岁，还没有女人，等他的是他的爷爷。

　　第三天午头上，救援的村民们不声不响地拖着工具走了。五个女人、一个老汉就急了，跌跌撞撞地拉他们，问他们咋不干了，下头还有人没上来呢。村民们耷拉着头，不说话，继续走。彭庆安来了，五个女人一个老汉围住他，问咋不干了，下头还有人没上来呢。彭庆安不搭腔，被人们推得摇摇晃晃，然后突然扑通一声跪在地上，说不挖了，挖出来人也没了，不挖了。五个女人就哭，就撕打彭庆安。彭庆安跪在那里，任凭人们打，任凭人们骂，一动不动。

　　"岔子，天天可是你亲侄儿，你就这么不管了，对得起你死去的哥吗？"老汉揪住彭庆安的头发，塌着身子问。彭庆安哆嗦着嘴唇，哆嗦出一句话："就让天天在这里睡吧，等我死了来这里陪他。"老汉喊了声畜生，抬脚把彭庆安踹倒在地上。

　　老汉是彭庆安的爹，在十八台辈分高，十八台老老少少，都唤他彭爷。彭爷两儿一女，女儿远嫁外省，身边留着两个儿子，大儿子彭庆顺，小儿子彭庆安。前些年，哥儿俩一起到煤矿上干活，遇到塌方，彭庆顺把彭庆安一膀子扛了出去，自己却砸在矿洞里，丢了性命，留下彭天天一根独苗。后来，彭庆安自己包煤窑子，就叫天天来矿上过过磅、计计数，说等天天成人了，就把这些家当送给他，算是对死去兄长的一点补偿。

本来，彭天天不用下矿。可那天彭庆安不在矿上，天天就想下去瞅瞅地底下是啥模样，再加上几个矿工怂恿，他就跟着他们钻了进去，结果就埋在了矿井里。

张大连见彭爷打彭庆安打得厉害，就上前抱住了彭爷的腰。这时候几个村干部也赶了来，拖住了那些女人。五个女人、一个老汉被拖走了，彭庆安却不走，人都走光的时候，彭庆安还在矿洞口跪着，头上脸上满是抓痕，鼻子里也汩汩地向外冒着血，远远望去，像大火过后玉米地里残存的半截秸秆，看得人心酸。

"放弃施救，你就是罪犯，就是十八台的公敌！"这是那天张大连对彭庆安说的话。人都走了，张大连也被几个村干部推走了，可他没走远，在远远的一个土坡上坐着，远远地看着彭庆安。

起风了，彭庆安还跪着，身上被扯烂的衣服扬着，头发也乱乱地颤，在越来越暗的光线里，显得凌乱和废弃。彭庆安的身子慢慢地塌了，像截陈年的土墙。张大连听到了凄厉的哭声。接着，他看到了春叶儿，春叶儿的爹也没出来，没活着出来，也没被人挖出冰冷的尸体来。刚刚被拖走的五个女人里，就有春叶儿，但她和张大连一样，也没走远，等人们都走了就又折了回来。张大连听不清他们俩在说什么，只能远远地看着，在越来越暗的光里，看着这两个周边镀了金的剪影，又看着春叶儿带着金边儿走了，路过近前的土坡儿的时候，张大连看到春叶儿的脸上反射着晶莹的泪光。

接着又有人来，是彭爷，透过背景的光线，张大连能看到他坚硬曲折的腰身，能看清胡子，像摇晃的沙漏，向下卸着一粒一粒金黄的沙子。张大连看到彭爷在彭庆安身边矮下来，一闪一闪地抽着烟袋锅儿。张大连不知道他们父子俩在说些什么，他感到光线就要被西边巨大的山口吞没了，于是仰面躺在坡上，透过云隙，看着慢慢淡入的星星。彭爷也走了，路过山坡的时候，张大连几乎能闻到烟袋锅儿里叶子燃烧的味道。他起身拍拍身上的土，下了坡儿走了过去。

彭庆安说，放弃施救是他和十八台的村干部们一起决定的，原因很简单，县里来人了。县里来人不可怕，都是老关系，没什么大不了的，但糟糕的是他们带来了坏消息，说省里有家报社的记者要来，让他们抓紧时间准备一下。咋准备？当然是大事化小、小事化了。就是要善后，就没时间挖了。彭庆安说，其实挖也挖不出活口了，干了这么多年的矿，他心里有数。

张大连就是这个时候说出那句话的，他揪着彭庆安的衣领子说："放弃施救，你就是罪犯，就是十八台的公敌！"说完，他把彭庆安推倒在煤渣子上，扭头走了。

2

三天了，这三天里老槐树上的那个破钟还没响过，出了那么大的事，谁还有心思让孩子们上学呢？

三天，张大连一直在矿井上，看着一具具尸体被抬出来，看着等在矿洞口的女人们围上去看，有人认出来了，就爆发出撕裂的哭声，随着尸体一起往外走。剩下的，没认出来的，就有一丝失望、一丝侥幸、一丝焦急，继续在矿洞口等，等着再有人被抬出来。

米养的爹被抬出来的时候，米养的娘哭疯了，凭空使劲跺着脚。米养没哭，他呆呆地望了会儿，发现了什么，跑向矿洞口。张大连想叫住他，但没来得及。米养在矿洞口弯腰捡起了一只鞋，一边扑打着鞋上的土，一边往回跑。他追上了担架，担架没停，继续往外走，他就跟着小跑，边跑边把鞋往他爹的脚上套。张大连不知道他套上了没有，似乎很艰难，担架晃着，米养矮小，只能把鞋举着。张大连看着米养消失在拐弯处的时候，那只鞋还没套上，还高高地举着。

三天持续被一种情绪困扰着，回到学校，张大连简单地煮了碗面，吃了，就扯了把椅子在院子里坐下，仰面看着清澈的夜空。十八台的夜空简单而明亮，每一颗星星都似曾相识，都含蓄而拒绝闪烁，只缓缓地弥漫着淡蓝色的光。

一年前，张大连初来这里就被这夜空打动了，直到现在他还在怀疑，自己能够远离城市，在十八台留下来，是不是舍不得这些朴素的星星。他还清楚地记得那天的情景。

那天他是坐驴车来的，赶车的就是彭爷。一路上，彭爷说十八台十八个村组，没有一个像样的先生，小子闺女们满地蹿，蹿到十八九成了家，养下小子闺女，还是照样满地蹿，蹿来蹿去，从爷爷到孙子，就没有几个识字的。他说现在好了，有先生了，小子闺女们就有福了。自那以后，彭爷一直叫张大连先生，他说这是规矩，规矩不能破，破了就不叫规矩了。

到十八台小学的时候，张大连被路两边的人们给弄怕了。那是一种阵势，驴车经过的时候，彭爷喊："接先生。"路两边的大人小孩儿就一块儿弯下腰去，齐刷刷，像被风吹过的一排庄稼。张大连问彭爷咋回事，彭爷说这是规矩，规矩就是规矩，是人都得遵从规矩。张大连没说话，但心里很别扭，感觉像另一种情景，怎么说呢？不吉利。

在小学院子里的土台上，人们簇拥着张大连坐在当中的旧藤椅上，前面密密麻麻地站着大小不等的孩子。彭爷喊："拜先生。"这些孩子就齐刷刷地跪下去。张大连心里徒然生出一股厌烦，想发作，但看到身边彭爷庄重的表情，还是忍了忍，忍耐地等着孩子们规规矩矩地磕完了三个头。

接着，十八台的村干部们就带着村民把从家里带来的东西依次堆放进屋子，有菜、有蛋、有米、有面、有油，甚至有成包的新弹的棉花。整个过程很有秩序，没有人说话，大家放下东西就回身领着自家的孩子走了。这是干什么？献爱心吗？张大连有些急，声调很大地问彭爷。彭爷还是那样庄重，说："规矩。"张大连嘴上没反驳，心里暗骂："狗屁的规矩。"

院子里很快没了人，彭爷嘱咐了一番后，也走了。晚上，张大连回想着下午的一幕，感觉像戏台上的表演，心里暗暗后悔，后悔自己失恋后头脑发热，报名支教来到这个愚昧、冒着腐朽酸味的地方。这时，他看到了头顶上的夜空，看到了朴素内敛的星星。这些星星都似曾相识，又与之前见的完全不同，张大连暗自寻思着其间的差异，身边来了人，也没有察觉。

来人有一口洁白的牙，眼睛也很亮，这点张大连记得很清楚。那人晃着手里的盒子，呵呵笑着问："先生，下象棋吗？"

下着棋，那人介绍说他叫彭庆安，小名叫岔子，是彭爷的儿子。张大连问起白天的事，彭庆安说这里以前来过几个老师，有的连车都不下，掉头走了，男的骂骂咧咧地说鬼地方，女的哭哭啼啼地说打死也不在这个地方待；也有好的，短的一两个礼拜，长的个把月，也走了，这里就没了老师，留留不住，请请不来。前些天，听乡里干部说又来了老师，说是从大城市来的大学生，十八台的人就很重视，彭爷和各村组的干部们就在一起商量，商量怎么留住老师，他们就定了规矩，就有了白天的那些程序。

听了彭庆安的话，张大连心里很不是滋味。彭庆安举着棋子问："先生，要不要悔棋？我可吃车了。"

"以后别叫我先生，跟出土文物似的。"

"那可是我爹定的规矩。"

"哪有那么多规矩？叫个先生就能留住人？"

彭庆安嘿嘿笑了，说："以后不叫了，叫得我自己心里都起腻。"

从这儿以后，彭庆安经常来小学找张大连下棋，一来二去两人熟了，这个叫那个大连，那个叫这个岔子，有时为了一两步棋，争得面红耳赤。

初来那天的风光很快被接下来的冷清取代了。第二天、第三天，学校里都没有人来，晚上下棋的时候张大连问彭庆安咋回事，彭庆安说十八台正为孩子们入学的事吵粥呢。

原来，张大连来这里之前，彭庆安已经和彭爷商量好了，孩子们上学的一切费用，包括请先生的费用都由彭庆安一个人包了。他在十八台附近包着两斜一直三口煤井，别说十八台，就是在乡里、县里、省里，他彭庆安也算是富户。彭庆安还打算再盖一所像样的小学，没盖之前，只能暂时用村西头的这栋老宅。老宅盛不下多少孩子，二十几个就满满当当的。现在听说免费上学，十八台的爹娘们都抢着送孩子上学，收谁不收谁就成了问题。这几天，彭爷家的院子里吵成了一锅粥，各说各的理，各哭各的屈，彭爷和村干部们正想办法呢。

这和张大连想象的有很大的出入。没来之前，他听说村里的孩子入学难，不光是穷，也不光是老师少、学校小，还有一个重要的原因来自人的脑壳，家长们不巴望让孩子读多少书，觉得读书识字当不了饭吃，远没有放放羊、打打柴、搂搂草来得实惠，于是送孩子上学的观念很淡薄。来这里之前，张大连已经做好了动员的准备，可现在看来，他的准备无用武之地了，这是好事，这好事当然与彭庆安的慷慨有关。

又过了几天，彭爷领来了三十六个孩子，说是他和村干部们一起定的规矩，党员干部的孩子刨在外，每个村组两个，先面试，挑脑子灵光的，会背小九九的，然后再抓阄。

张大连说这样对党员干部不公平。

彭爷说："党员干部就得先济着群众，这是规矩，规矩不能破。"

这样，张大连就有了三十六个学生，他们是十八台所有孩子们的代表，是佼佼者，更是幸运者。张大连寄希望于彭庆安，彭庆安也没让他失望，新学校已盖到半人高了，张大连去看过，一溜宽敞的大教室，能盛下十八台所有的孩子。彭庆安还说，等新学校盖好了，他就出去聘请老师，到时候让张大连当校长。

3

天亮以后，张大连又去了出事的那口矿井。彭庆安不在，有几个人忙活着平整矿洞口的煤渣，还有几个在拉条幅，条幅上写着六个大字：牢记事故教训。张大连待了一会儿，觉得心里有些堵，便回去了。

米养坐在土台沿上，托着腮等着张大连，身后一群羊在院子里闲逛。

"米养，你爹的事儿办完了？""完了，昨晌办的。""怎么没见你戴孝？""彭叔说不戴孝就给钱。""你彭叔还说啥了？""还说有人问起，就说爹出去打工了。"张大连暗骂着，向望台村走去。

望台村是十八台最大的一个村组，也是这次事故中死人最多的，有八个，六个挖出来的，两个还埋在矿井里，不知道死活。望台村很安静，张大连没听到哭声，也没见到戴了孝的女人和孩子，没见到散落的容易被风刮起的纸钱。他有一种不祥的预感。

在彭爷家，张大连见到了彭庆安，也见到了彭爷和另外几个不认识的人。张大连想那几个人一定就是乡里、县里来的干部。彭爷一脸庄重地唤他："先生，进来坐。"张大连在彭爷脸上没见到那天的悲戚与绝望，只是觉得他老了许多。他点了点头，径直走向彭庆安，小声说："岔子，跟我出去，我有话要说。"

在院子里，张大连问彭庆安米养家的事。彭庆安承认，说不能让上边知道死了那么多人，要是知道了，他就完了，乡里县里也会牵扯很多人。

"岔子，说实话你准备报几个？"

"俩。"

"俩？十八个人你只报俩？这是瞒报，瞒报死亡人数就是犯罪！"张大连很激动，声调抑制不住地往上拔，惊动了屋里的人。彭爷走出来，说："先生，有话儿屋里说。"

"不了！"张大连气呼呼地转身走了，彭爷喊没喊住，叫彭庆安去追。彭庆安没动，站在原地耷拉着脑袋，影子投在墙角上，像把被遗弃的弯脖子锄头。

晚上，张大连坐在院子里。他没有看星星，而是把目光向下铺在十八台灰黑的屋顶上。那里很安静，安静得像什么事情都没有发生。之前矿上那种撕心裂肺的哭声，在短短的时间里就被什么东西遮掩了，遮掩得密不透风、严丝合缝。他甚至听不到以往的狗吠声、虫鸣声，听不到风声和村北堤坝外大河的水声，一切都被遮掩了、屏蔽了，遮掩得如此彻底，屏蔽得如此干净。

有昏暗的灯光浸过来，张大连知道那是米养家，白天他曾去过。那个跺着脚疯哭的女人在篱笆后面,平静地用木叉铲着干草。她没有笑,也不悲伤,如果没有看见她红肿的眼睛,不会有人知道她刚刚死了丈夫。张大连推开篱笆门,女人停了手里的活儿,愣愣地看着他,看了十几秒,才想起什么,开口说:"先生来了?屋里坐。"

"不了,"张大连有些犹豫,"我听米养说了,过来看看。"

"没啥看的,挺好。"女人顿了顿,接着说,"等过几天我就叫米养上学去。"

"就这么算了?"

"啥?你说他爹的事?"女人警觉起来,沉了沉,继续铲草,见张大连没走的意思,边干边说,"算了,又不是俺一家,再说岔子也不是为了自个,人家没亏待咱,多拿了不少钱,咱还能图个啥。"

"你们这是……纵容。"张大连说得很没底气,全然没有了刚刚在彭爷家的声调。

"是啥?纵容?"女人丢下木叉,扯下套袖抽打着身上的土,说,"俺不懂啥叫纵容,俺只知道知恩图报,彭爷和岔子没亏待俺,俺也不能昧了良心。"

女人说着往屋里走,走到门口时扭头说:"先生,俺就不留你了,可有件事俺得说,破了规矩也得说,你那工资岔子垫了一大截,要不然能这么高?人心得往正处长,庄稼长不正得扶,苗木长不正得修,都是一个理儿。"

女人进屋关上了门,张大连自己留在院子里,心里一阵阵发虚。

张大连想着白天的事,脑子里有东西乱撞,彭庆安来到身边也没察觉,这情形多少跟刚来的那个夜晚有点相似。

"下棋吗?"彭庆安问。

"算了，这时候了你还有心思下棋？"

彭庆安从屋里扯了条凳子，挨着张大连坐了，然后抽出一支烟，掏出火机来点了，一闪一闪地吸："你会揭发我吗？"

"不知道。"

彭庆安对张大连的回答很满意，抖了抖烟灰，继续说："揭发我对十八台没啥好处，你知道。"

"我知道，可你犯罪了。"

"我知道。"

"六个人埋着你见死不救，十八个人你只报了俩，你在一步步走向绝境，你知道吗？"张大连越说越激动，说着说着就站了起来。

彭庆安也站了起来："什么叫见死不救？那些人挖出来也活不成，那里埋的不是别人，都是这下面和我一块儿光屁股长大的伙伴，还有天天，那是我亲侄儿，还有春叶儿的爹，他们死了，我比你难受，你是啥？你是去年才来这里的教书先生，你跟他们没关系，有关系的是我。"

"我是没关系，可我不会用钱去堵人家的嘴，不会看着你越陷越深，到最后无法收拾。"

"只要你不揭发我就能收拾。"

"就算我不揭发，你能堵住十八台每个人的嘴吗？"

"能，我能。"

"良心呢？良心能堵得住吗？"

彭庆安不说话了，跌坐在凳子上，低头狠劲地吸着烟。两个人就这么静静地坐着，下面的十八台渐渐地被一层雾水淹没了，偶尔能在缝隙里看到零星的灯光，像溺水的人偶尔露出水面的急迫的嘴。

"你会揭发我，对吗？"

"我不知道，其实，我更希望你能去自首。"

"等等吧，等我把学校盖好了。"

"还有那么多时间吗？"

"不知道，我尽量吧。"彭庆安软塌塌地站起来说，"你知道，我这条命欠着账呢，欠我大哥一家子的，欠春叶儿的，也欠十八台的，现在是偿还的时候了。"

"没那么严重，你去自首，自首能减轻点罪过。"

"给我点时间，让我想想。"

4

矿井上热闹起来，两名罹难矿工的追悼会及事故教训总结现场会在矿井现场热热闹闹地召开了。县里、乡里，以及各煤窑矿主们从各个地方涌进矿洞口外面的空地，两名罹难矿工的家属被人搀着站在边上，扶着两个精致的骨灰盒。十八台的村民们也涌了来，挤满了外围的土坡。

彭庆安介绍了矿难发生的经过，对自己管理不善，致使个别矿工违章操作，在非工作时间私自下井作业导致事故发生的事做了检查，并将赔偿款亲自交到了家属的手中。在彭爷庄重的声音里，人们面向骨灰盒三鞠躬，然后一帮人簇拥着家属抱着骨灰盒离开了现场。乡干部宣读了处理决定：通报批评，罚款十万。县里的干部也讲了话，调子很高、很严肃，要求加强矿井安全管理，要求加强矿工技术培训，等等。

有拿着摄像机、照相机和话筒的人在会场上穿梭，很忙的样子。张大连猜他们是记者，他们很兴奋，兴奋得有些幸福。

张大连挤在人堆里，胃部一阵阵发紧。他盯着彭庆安，想从他的脸上找到一点愧疚一点心虚。但没有，彭庆安脸上虽然也严肃，也很痛心，但张大连从这些表情的缝隙里却看到了另一种截然不同的东西，那东西让张大连生出许多的陌生和厌恶。那东西似乎是一种风光，是不易觉察的洋洋自得。

会没散张大连就挤了出来，学校里空空荡荡，目光无处着落，心也飘着。远处，矿井上空的云垂着头，遮着更高的光线。光线与光线之间，似乎夹杂着黑色的影子。张大连看不清，才一揉眼，影子却不见了，云下面的山坡上，人们簇拥着往下走。

张大连抬脚踢翻了院子中央的一把竹椅，脚趾扯着神经，一直疼进心里。他在院子里转了转，像头焦躁的驴。他走进屋拿出象棋，一枚一枚地使劲向远处扔去，远处是一些草，还有草根下枯了水的沟，棋子就在空中划出一道道弧线，落进草里没了踪迹。这棋是他初来十八台时彭庆安放在这里的，曾带给他们很多的快乐。现在，这快乐被体内一种快要燃烧的东西代替了，张大连一边扔着棋子，一边狠狠地骂着。

有钟声响起来，哐哐——哐哐——

钟声荡起涟漪，一圈一圈荡进十八台。散会后正走在大街上的干部们、记者们和矿主们听到了，十八台的村民们听到了，低头吃草的牛、趴在地上睡觉的狗、踱来踱去的鸡也听到了，十八台沉浸在这一圈一圈的钟声里。

彭爷脸上的皱纹紧了紧，看了一眼儿子，彭庆安急忙招呼着人们走进村委会的大院。里面已经准备好了，从各村组抽上来的巧媳妇们即刻穿梭着端了菜开了酒，钟声就被菜香和酒香挡在外面了，变得若有若无，完全可以忽略不计了。

张大连不知道敲了多少下，直到累了、敲不动了才停了下来，手扶着老槐树喘着粗气。土台下的路上，一群羊咩咩地叫着，抬头望着他。这是米养的羊，张大连认识，他喊了声米养，米养就从头羊的腚后面钻了出来，怯生生地望着他。

米养娘去村委会做菜了，张大连想留米养一起在学校吃，米养不肯，晃着鞭子吆喝着羊走了。张大连也不想吃，没胃口，看着米养和羊远去的背影，他感觉到了一种孤单。

午后，有人走上土台，手举相机对着不同的方向按着快门。透过玻璃，张大连能看到这个人，能看到他被酒熏红的脸、布满口袋的马甲，以及斑驳迷彩的阔大的裤子。现在，这个人已经放下手里的相机，捡起长柄的锤子，向老槐树走去。

"嗨——"

张大连推开门，对着马甲的背影喊。马甲扭过头，拎着锤子摇摇晃晃地折了回来。

"我叫夏天，摄影记者。"

"张大连，这里的老师。"

两个人握了手，当院扯了凳子坐下来。

"上午是你敲的钟？"

"嗯。"

"再敲一遍吧，我给你拍一张，我的技术不错。"

张大连不想拍，并不是因为怀疑夏天的技术，而是认为那样做很不合时宜。夏天也不强求，他头脑很清醒，能够很连贯地说出十八台在风景上的种种优点。他说到了村子周围四起的山坡，说到了垫在房屋下面的台子，说到了村北堤坝外的大河，说大河的水像滚动的泥浆，充满着裸露的犹如时光的力量。夏天说得很准，张大连很认可，在一定的时间段内，这些景物也曾浸染过张大连的视线。但现在，他不想谈景物，那些美好与目前的状况不符合，更不符合他体内那团燃烧的东西。于是，张大连问："你是来采访矿难的，不是吗？"

"是的，在这样美丽的地方发生那样的事情，真是一种不幸。"

"两个人遇难,原因是矿工违章操作,在非工作时间私自下井,你认为这是真相吗?"

"难道不是吗?我听到的就是这些。"

"你应该再深入些,那里,"张大连指着土台下十八台的屋顶,"应该有更符合实际的答案,这些答案应该与你看到的、听到的有所不同。"

"也许,我会去寻找,但是,有些事情我不明白。"夏天的话里带了迟疑,"彭庆安,我听人说,是个很不错的人,他甚至替这里所有的孩子交学费,而且还付给你工资。另外,他在另一个地方修建学校,我正准备去那里。可为什么你要提示我,难道……"

"你说的都是真的,他不错,甚至可以说很好,不仅仅是孩子,还有女人和老人,都会说他的好。他是我的朋友,在这里,我只有这一个朋友,我们在一起下棋,为了一颗棋子互相对骂,互相抱着酒瓶说一些醉话。我是这里的老师,我能看出他的好,孩子们也爱他,他会定期送来崭新的本子和笔,会送来糖果,甚至说等新学校竣工,会购买篮球、排球和足球,你知道,孩子们在盼着,我也在盼着,在盼望的日子里,孩子们体育课只能玩木雀,就是那种刀削的木头橛子,用另一根木头敲打,会飞出去很远。"

"既然这样,你为什么要提示我?你知道,万一有了另外的真相,会发生什么?"

"我不知道,也许我只是想在夜里能睡个安稳觉,这也许源自我的自私。"

"但无论如何,你说了,我会追究的,你知道,我是一个记者。"

"我知道,所以,现在我有一点点后悔。"

"来不及了。"

"来不及了。"

5

晚上，春叶儿来了。春叶儿来的时候，张大连正弯着腰向锅里下面条。

矿上出事后，春叶儿还是第一次来这里。在矿井上、在彭爷家里，张大连都曾见到过春叶儿，但没同她说话，她忙着，没有说话的机会。

出事后的前三天，春叶儿一直在矿洞口等着。她娘在生她的时候难产死了，家里只有她和爹。张大连看到春叶儿挤在女人堆里，眼睛紧盯着矿洞口，有人被抬出来，春叶儿就和其他的女人一起推搡着、拥挤着往前赶，有好几次，春叶儿险些被挤倒了，身体东倒西歪的，与那些生养过的女人相比，她还是显得太单薄了。她往往没挤到担架前就听到了哭声，心就稍微放了放，等其他的女人往回走了，她才继续上前确认一下，的确不是自己的爹，春叶儿又有些失望，站在原地，看着痛哭的女人扶着担架远远地下坡儿，才迟疑着倒退进女人堆儿里，继续等着。张大连想叫她，也想走过去从那些女人的身边拉开她，但不能，他看到春叶儿的眼睛里涨着泪花，怕自己一拉她就会打碎泪水，让她痛哭起来，那是很不吉利的。

第四天张大连没见到春叶儿，他去了望台村，但没去照台村。在米养娘进屋关了门后，张大连就回了学校。其实，他是应该去趟照台村的。晚上，坐在院子里把目光铺在十八台灰黑的屋顶上的时候，张大连突然想起了春叶儿，想起自己离开彭爷家的时候竟然没有望望对面的春叶儿家，两家如此近，站在彭爷家门前的土台上，能很轻易地看到春叶儿家门前的老柳树。对此，张大连很有些后悔，他认为是彭庆安的所作所为使自己忽略了这一点。

  第五天，张大连挤在人堆儿里寻到了春叶儿。春叶儿像片枯卷的叶子，被人夹在中间。张大连试图往她身边挤，他的确也这样做了，但没等挤过去，就看到了春叶儿随同其他人在一个领导讲话时吃力地抽出胳膊鼓掌，这让张大连心里有一种很深的悲哀。他被这悲哀伤了，便改变了方向，挤出人群回到了学校。张大连不得不承认，自己敲响破钟的时候这悲哀起到了很好的鼓动作用，这让他敲钟的时候想哭出声来，想用锤子把自己砸碎。

  这样说，这一天张大连已经是第二次见到春叶儿了。他看到春叶儿从土台沿儿上冒出了头，径直向他走过来。

  "吃了吗？"张大连不知道自己该说什么，在他不知道该说什么的时候，"吃了吗"就是一句没有任何意义的问候语。

  "吃了。"春叶儿答得很认真，说着也没看张大连，直接拿了张大连手里的面条，顺着锅沿儿滑进了水里。她的脸瞬间被热气遮住了，张大连只能看到她的头发，头发很久没梳理了，有几绺蓬松在皮筋的外面，像被什么东西托着，摇摇晃晃也不落在白皙的脸颊上。

  张大连喜欢春叶儿。

  去年的一天，他在教室里教孩子们唱歌，在所有的歌曲里，他只知道一首是适合孩子们唱的，就是《让我们荡起双桨》。这首歌在他读书的若干年里，似乎从来不曾忘记，其他的，则随着年龄的增长遗失了。他记得很清楚，那天孩子们歌声嘹亮，窗外有暖暖的阳光铺进来。在唱完第一段后，他就看到玻璃上映着一张喜吟吟的脸，他以为是没被选上的孩子，就让孩子们继续唱着，自己走出了教室。

教室外不是一个孩子，高挑儿的个子，饱满的胸脯，怎么会是孩子呢？她说她叫春叶儿，家在照台村住。张大连问春叶儿想读书吗。春叶儿说想，可自己太大了，过了读书的年龄。张大连说读书没有年龄限制，要是真想，以后来这里，他教她。春叶儿就咯咯地笑了，咯咯笑着跑了，跑到土台沿上的时候，回头咯咯笑着说，村里人实在，别哄她。张大连说，谁哄她谁是小狗。春叶儿就咯咯笑着跑了，像串儿清脆的铃铛。

张大连想，自己就是从那一刻喜欢上春叶儿的。他把这归于春叶儿咯咯的没有锈迹的笑声。望着春叶儿远去的背影，张大连觉得心里有什么东西破了壳，生出暖暖的小芽。

那之后，春叶儿有事没事儿地往学校跑，跑来让张大连给她讲外面的事，教她写春、夏、秋、冬，教她念"两个黄鹂鸣翠柳，一行白鹭上青天"。

张大连知道彭庆安喜欢春叶儿。有一次，彭庆安在学校里碰到了春叶儿，他很不高兴，他没有说出自己的不高兴，但张大连看得出来。春叶儿高兴，她说："岔子哥，张先生教我写了十几个字，我还知道岔子的岔上面一个分、下面一座山，是说上山分着好多条路呢。"彭庆安就笑，笑得很难看，说："以后再来找先生学字，别一个人来，叫上我，我陪着你。"又说，"先生识字识得多，可下棋下不过我。"春叶儿不信，彭庆安就扯上棋盘，摆上棋子，非要和张大连下一盘。那盘棋张大连输得很惨，本来不必那样，是彭庆安故意的。他不急着将军，而是把张大连的子一粒一粒地全吃掉，让张大连无棋可下了才慢悠悠地取胜。对此，张大连心里很是恼恨，但春叶儿在场又不好发作，只能任由彭庆安欺负。

张大连知道春叶儿不喜欢彭庆安，至少不是男人女人那样的喜欢。春叶儿告诉过张大连，她知道岔子喜欢自己，也曾试图让自己回应这种喜欢，但她做不到。在她的眼里，彭庆安太高大了，高大得使人无法触及，她更愿意叫岔子哥，她想象岔子应该有一个来自城市的烫着波浪长发的女人，她觉得十八台没有哪个女子能配得上岔子，当然也包括她自己。

　　听了春叶儿的话张大连心里略略地泛酸，但从春叶儿的眼神里他知道春叶儿喜欢自己。有一天晚上，张大连送春叶儿回家，走下土台的时候，张大连轻轻地勾了春叶儿的小手指。春叶儿的身子颤了一下，但还是任由他那样勾着，直到绕过望台村快到照台村的时候才松开。这件事张大连没有对彭庆安说，即使在喝酒吵架的时候也没说，不仅仅是怕刺激或伤害，还有一丝同情的成分。

　　春叶儿将面条盛进碗里，端给张大连，自己扯了把凳子，看着张大连吃。

　　不知道为什么，张大连吃得很不自信，仿佛有什么愧疚在里面，是因为春叶儿的爹出事后他没有去探望吗？张大连说不清。

　　"那事儿你得想开些。"

　　"哦，放心，有岔子哥呢。"

　　"岔子咋说？"

　　"过几天吧，过几天上边来的人走了就挖出来。"

　　"岔子这样做不对。"

　　"他也没办法，总不成把他抓了去，那十八台就完了。"

　　"以后呢，以后再出了事还这么瞒吗？"

　　"哪能老出事，这都是命，命里该当的，想躲也躲不过。"

　　春叶儿说着，眼睛缓缓地向远处望去，似乎陷入了一种沉思。张大连有些话往上撞了撞，但强忍着，没冲出牙关。他知道对于观念问题，一句话两句话是说不清的，真不知这对于春叶儿来说是幸运还是悲哀。张大连草草地吃完了面条，陪着春叶儿安静地坐着，安静地望着远处越来越浓的黑暗。

"大连哥。"不知道过了多久，春叶儿轻轻地唤他，声音微微地有些冷。张大连扭头看她，见春叶儿依旧望着远方。

"大连哥，你不会做对不起岔子哥的事吧？"

春叶儿的话像根针，在张大连的心上蜇了一下，他微微地抖动着："为什么这样问？"

"有人说你告了岔子哥的黑状。"

"黑状？"张大连抖动得更厉害了。

"下午有个记者在村里打听那天的事。"

"哦，他、他是记者？记者总喜欢刨根问底的。"

春叶儿把头扭了过来，清澈地望着张大连："大连哥，你不会做对不起岔子哥的事，对吗？"

"我只会为他好。"张大连避开她的眼睛，把目光投向远处，缓缓地说，"总该有人对那事负责。"

"人都没了，负责又有什么用呢？"春叶儿站起身，悠悠地说，"岔子哥是好人，伤了他就伤了整个十八台。"

春叶儿走了，背影很快被夜色吞没了。站在土台上，张大连的心跌到了地下，久久浮不起来，他开始怀疑自己了，就像怀疑远处的灯盏，是不是真的照亮了什么。

6

上课的时候到了，教室里没人，院子里没人，土台下的路上也没有人。张大连敲了几遍钟后，站在树下静静地等着。

日头像枚孤零零的果子，挂在老槐树最为脆弱的枝干上，微弱地向上跳着。有光慢慢洒下来，照亮远处的山坡、灰黑的屋顶和泛着盐白的路。张大连等了一会儿，又等了一会儿。没有人来，那事发生后，村小学就似被抛弃了。张大连有些怨恨，觉得这一切都是彭庆安造成的，觉得他在用孩子们上学的事情威胁自己，或者说是一种示威。这让张大连觉得彭庆安很自私。

他走下土台，走向十八台，走进淡淡的灰里。

上八台、下八台、望台村、照台村……每一个小村都如以往般沉静，街上的黄狗卧着，眯着眼，懒散地垂着尾巴上的毛；鸡在墙头打盹儿，脖子爪子缩了，像一团被风鼓起的塑料袋；牛在篱笆院里，吐着胃里还没来得及咀嚼的草，脊背上的苍蝇泛出绿光……街上也没有人，有个老汉靠在胡同口，像斜在那里的一根腐朽的木头，有女人在自家的院子里晾晒陈旧的布，有孩子冲着猪圈的墙撒尿……没有人同张大连打招呼，他们没看见他，没看见这个他们唤了一年的先生。张大连去了几个学生家，他站在篱笆外喊学生的名字，里面没有人搭腔，也有的院子里有人，见他来了却回屋关了门。在米养家，张大连见到米养的娘在拌着猪食，他没有喊，只站在篱笆外静静地看着。米养从屋子里钻出来，揉揉眼角，眯着眼看着顶上的白光。他看到了张大连，迟疑地唤"张老师"。

"怎么没去上学？"

米养爹还没过三七，孩子哪里也不能去。米养娘没看张大连，边拌猪食边说。张大连怀疑她早就发现自己了，觉得很无趣。三七是一个很好的理由，这21天里米养是可以不上学的，作为一个讲孝道的人，三七二十一、五七三十五，他可以一个多月不用上学，虽然他连一天的孝都没戴。

彭爷家里也没人，彭爷不在，彭庆安也不在，院门紧锁着。

张大连想去找春叶儿，站在彭爷家门前的台上，他看到春叶儿家的院子里空着，有一些黄白的光和灰黑的影。他顿了顿，出了村向北走去。

新学校坐落在村北坡的平地上，站在这里，能看到矮一点的旧小学和更矮一些的十八台。这里能听清楚坡后大河均匀的水声，能看到对面远处朦胧的矿井，能看到南边一大片水塘里苇子齐刷刷地摇摆，能看到鸟从背后射过来，在天空中划出一道整齐的弧线。

这地方是彭爷选的。他说风水好，说这里坐北朝南、背山向水，能出很多状元。村民们迷信他，张大连也有些迷信，他曾不止一次见过彭爷为生病的人施法，那是一种咒语，更是一种音乐，在燃烧的淡黄纸张里，在飘渺的三炷香里，彭爷念念有词。生病的人好了，张大连以为是心理暗示，作为一个大学生，他拒绝这样的巫术。让他迷信起来是因为他自己。那次，他病了，他以为是感冒，因为他浑身发冷。彭庆安给他送来了药，春叶儿给他熬了姜汤，但他还是冷，以至于夜里感觉有块冰压着身体。他甚至看到了白色的影子，听到有哈着寒气的人远远地呼唤他的名字。他两眼紧闭，牙齿不停地撞击，并不时发出令自己陌生的声音。后来，他感到有只粗糙的手按住他的额头，那是极其温暖的，又听到了音乐的声音。他知道那是彭爷的声音，之前曾听到过很多次，还曾揣摩过曲调里的内容。而当时，他则沉浸在这音乐里，并慢慢地睡去。醒来后，张大连出了一身的汗，感到虚脱、无力，甚至有些委屈。他看到彭爷浑浊的眼，心里暗暗吃惊，仿佛自己体内有什么东西被那双眼吸了进去。他好了，第二天他下了床，第三天他走进了教室。这样的经历，使张大连对自己的认知产生了怀疑，他感到有一种冥冥的力量在支配着自己，而这力量就是来自彭爷，是那只手、那双眼睛，更是那奇妙的音乐。

新学校已经起到半人高了，下半截是石头，上半截则是整齐的砖。在对钢筋、水泥、玻璃、石材造就的城市产生了极大的厌恶后，张大连看到新学校的砖石时感到了温暖。他同彭庆安说学校建好后就叫庆安小学，彭庆安不同意，说那样折寿，说就叫十八台学校吧，也不仅限于小学，以后还有可能扩建中学，把全乡的孩子都招来。彭庆安的心大，心大有什么不好呢？张大连为此憧憬过未来，那是极其美好的。

现在，新学校已经半人高了。张大连穿行在各个教室里，似乎能听到孩子们的歌声和读书声，似乎每间教室里都坐满了人，有着统一的校服，有着宽大的黑板，有着明亮的光线。这不是想象，彭庆安能做到这一点，他有这个能力，更有这份心。

张大连想是该让彭庆安顺利过关的，这不是他自己的事情。在回去的路上，他不停地思考着对和错的问题，也许不仅仅是简单的对和错，还有感情和理智、感情和法律的问题。那就比较高深了，他只能想到对和错的问题，这并非那么简单，一时很难找到答案。

彭爷在学校等他，张大连走上土台的时候，看见彭爷闭着眼坐在屋檐下的旧藤椅上，像尊静默的神。

"彭爷。"张大连上前问候了一声。彭爷掀开松垮的眼皮，用浑浊的光打量着他，看得张大连心里发紧。

"先生，我是来给岔子讲情的。"彭爷开口说话，身上的气便随之泄了，像个真正的老人，没有神性，甚至没有了巫性，甚至很衰老、很虚弱、很让人担心。彭爷说话的时候，张大连很用心地看着这位用驴车接他来的老人。那时候，彭爷身上是有光彩的，十八台从上到下所有的人都在这光彩里不敢正视，就连那些村干部和他说话的时候都弓着腰，谦逊得仿佛卑微。六天前，彭爷和五个女人一起等在矿洞口，那时候张大连没有注意他，即使眼睛扫过他也没有注意，彭爷那时候身上的光彩没了，没了光彩的彭爷挤在五个女人中间就消失了，因为他瘦小枯干，因为他就快被土淹埋了。现在的彭爷比那时候更加衰老，他几乎用一种乞求的口气同张大连说话，而且说话的时候身体尽量地欠着，这让张大连略略地心疼。

张大连搞不清楚那事发生后的第三天晚上发生了什么，之前彭爷骂彭庆安畜生，用最大的力量打儿子的脸，像女人一样痛哭。而之后，第四天，张大连在他家里见到他的时候，彭爷已经恢复了往日的威严，甚至比往日增加了一层冰冷。张大连可以想象孙子被埋井底的那种痛苦，他以为彭爷会被这痛苦葬送，这是符合常理的。但没有，其实不仅仅是彭爷，还有其他很多人，比如春叶儿，比如米养娘。前三天还能听到哭声，还能看到那种近乎绝望的表情，张大连曾不敢看她们的表情，怕自己也会失声痛哭起来。但第四天全变了，十八台变得安静如初，泪水通过另外的渠道偷偷地流走了，街上和人们的眼角一样干涩、空荡。第三天晚上到底发生了什么？

"先生，我是来给岔子讲情的。"彭爷重复了这句话，他说，"我知道你对记者说了些什么，这让我很为难，也费了很多工夫。我也恨岔子，可他毕竟是我唯一的儿子，孙子没有了，你还能让我再失去儿子吗？岔子这些年为十八台做了很多事，十八台男男女女、老老少少都巴望着他，他出了事十八台的这点活水就被掐死了。"

彭爷说着说着，身体就越说越低，像要塌陷在藤椅里。张大连后来很后悔自己在这样的时候说了那句话，那句话过后彭爷有很长时间的沉默，眼睛中的光渐渐地淡了下去。虽然张大连之后做了些解释，并说自己没有真的打算去揭发岔子，说岔子出了事他和大家一样难受，说让彭爷放心。但无济于事，彭爷就那么黯淡了下去，就连走下土台的时候他的背影都矮小了不少。

张大连说："规矩？彭爷这不符合规矩，您是最讲规矩的，不是吗？"

张大连很痛恨自己说了这句话，虽然这是事情发生之后他最想对彭爷说的话，但现在，看着彭爷灰暗地消失在路的尽头，他在心里暗暗地骂着自己。

7

这天，矿井外站满了人。

在人群后面的斜坡上，张大连看到了彭爷、彭庆安和春叶儿，看到了十八台的许多人。他听到了哭声，即使没有人被抬出来，哭声还是绵绵地响起。张大连知道，这时候已经不存在吉利不吉利的问题了，希望没了，哭声就无法抑制了。但这哭声与前三天的哭声是不一样的，理智了些、低沉了些，却更加绵长了。更像是一种集体的啜泣，这啜泣密密地交织，形成了一种特殊的背景音。

张大连看到了被扔在地上的条幅，看到了被撕下的标语。这些东西在前几天还为一场会议提起了不少精神，现在却被人踩在脚下，凌乱着，也破碎着。

在低沉的啜泣里，彭爷努力正了正身子，手举草香对着矿洞口跪下去，后面的人也都跪了，这情景使张大连想起了自己初来的那天。彭爷喊着，声音努力浑厚，却无法掩饰其间的脆弱：

"一七轮回，六魂归位。今率孽子庆安，前来请罪。叩请诸位念其顾乡土，体乡情，报乡恩，谋乡生，化怨灭恨，一片澄明。诸位一七委屈，全数怪罪，由为父之人承担，所造罪过，下世当牛做马，再行偿还。冤魂昭雪，清白升天。"

张大连听着彭爷古今掺杂的喊声，心里不仅有些肃穆。彭爷喊完，将手里的香插在矿洞口临时堆起的土台上。彭庆安起身上前走了几步,重新跪了,脱掉上衣,露出了脊梁。彭爷在一旁站着,一边手拿衣服抽打着彭庆安的脊背,一边口中念念有词。末了,又有人过来,用棍子挑了彭庆安的衣服,洒了酒,擦火柴点了。那人便挑着这团火,围着彭庆安转,直到棍子上飘落了最后一丝灰烬。

哭声大起来,像被人扯着四个角抬高了音量。在这哭声里,人们站起身,手举镐头铁锹,走进了矿洞口。五个女人、一个老汉就又等在了边上,与前三天不同的是,五个女人都戴了孝,都小声地哭着。春叶儿也在那里,张大连看她低垂着头,头发在前面被风左右撩动。张大连下了斜坡,走了过去。

见他过来,五个女人都停了哭声,有人警觉地看他,有人偏过了头。彭爷则没有动作,还是紧盯着矿洞口,仿佛怕遗漏什么似的。张大连硬着头皮走过去,走到春叶儿跟前。别的女人往旁边移了移,移到了彭爷的另一侧,把春叶儿和张大连两个人留在原地。

春叶儿抹了一把脸,抬起头歪歪地看着张大连右侧地上的一块石头。

春叶儿,张大连叫她的名字,接下来却不知道该说些什么。春叶儿拽着张大连的袖子,一起转身爬上了不远处的一个矮坡儿。这里没有人,远远的风吹过来,扬起春叶儿扎在腰间的白布。

"你知道村里人咋说吗?"

"咋说?"

"人家说你是因为我才告岔子哥的。"

"他们胡说!"张大连有些急,声调突然大起来。春叶儿向坡下望了望,见彭爷抬眼望着他们,其他的人也昂着头。春叶儿转身下了坡儿,走进女人中间。张大连不知道该不该走,在坡上站着。风渐渐大起来，裹着北边大河的水汽扑在脸上，脸上就有了润泽。张大连突然觉得委屈，鼻子里有一股酸，心里也有一股酸。他走下土坡，离开矿井，向学校走去。

下午，张大连敲响了老槐树上的那个破钟，他是老师，除了教学生之外别的事情跟他没有关系。他敲了三遍，三遍过后路上也没有人，连只羊都没有。张大连举起锤子，对着破钟又哐哐地敲了几下，但敲也是白敲，张大连知道，不会有人来了。七天了，七天里教室一直空着，连黑板都没有人擦。

午后的天空抹了一层灰云，灰色的雾气便从地下腾起来，像水浮起十八台灰色的屋顶。张大连坐进教室，看着黑板上写的拼音和生字，看着湿润的水汽爬上窗户。七天前这里还有三十六个孩子，他们是十八台的佼佼者，曾骄傲地背着书包穿过十八个村组的大小街道。而张大连自己，则是这里所有人敬仰的先生，每一个村民见到他都会略微欠欠身子。那是彭爷定的规矩，规矩就是规矩，规矩不能破，破了就不叫规矩了。

现在，张大连坐在教室里，寻思着七天来的点点滴滴，他错了吗？他只是想挽救自己的朋友，他是赋予了十八台希望的人，只是想维护一种规矩，而这一切并没有完全被打破，他甚至没有对那名叫夏天的记者说出真相，他只是提醒。在规矩方面，他还是软弱的，软弱到这仅有的一点提醒已经足够他后悔。

张大连曾痛恨彭爷那些所谓的规矩，虽然这让他享受了一年多的尊重。而现在，在另一种他认可的规矩面前，事情却变得无法收拾，他被孤立了，没有孩子来上学，没有人在他穿过街道的时候停下来向他点头，甚至他所爱的人，春叶儿，也蔑视他。那是一种蔑视，当春叶儿跑下斜坡走进女人中间时他就感觉到了这一点，当张大连从他们身边经过的时候，竟然感到了一丝卑微。为什么卑微呢？张大连自认为没做错什么，甚至于什么都没有做,他只是表达了自己对规矩的态度,而态度产生不了后果。

张大连坐在教室里恍恍惚惚地似乎睡着了,他梦到了彭天天,他认识这个稍显秀气的小伙子。天天如今是一把土,或者说土是天天,在张大连眼前,土慢慢地隆起来,隆出了天天的额头以及额头上整齐的头发,隆出了一只手,确切地说是几根手指。那几根手指向着张大连轻微地颤动着,似乎是呼唤,似乎在说一种嘶哑无声的语言。张大连向天天那边挤去,他很吃力,因为周围填满了硕大的蜘蛛结的网子,以及不知名的藤。他喊着"天天,天天",不顾衣服被撕裂、皮肤被划开血口,向天天挤过去。他几乎就要碰到天天的手指了,几乎已经感觉到了天天的惊吓以及温度。但这时,那堆土茂盛起来,天天被吞没了,没有额头,没有头发,也没有了手指,立在张大连眼前的是一堵结结实实的土墙。身后有人,张大连靠着墙,见身后站着彭爷、彭庆安、春叶儿、米养娘,还有许多看不清面孔的人。他们都不说话,也不笑,就在他身后看着。有声音响起,轰隆隆,轰隆隆,张大连看到头顶有块巨大的石头缓慢地压下来。他想举手撑着,但没有用,他被这块石头压着,向下面无底的黑暗沉去。

张大连果然睡着了,当他从课桌上抬起头时,看到门内站着一个模糊的影子,他叫:"天天。"天天走过来,说:"张老师。"张大连揉了揉眼睛,影子清晰了,是米养,米养的身后一群羊正在教室里进进出出。他有些激动,一把揽过米养,抱在怀里。

这样,教室里就有了两个人,陆陆续续,有一些羊也走进来,在课桌与课桌之间的夹道里咩咩地叫着。对于它们来说,这间不大的教室像一个迷宫,没有青草,更没有方向。

米养给张大连说这些天的事,说他在深夜里经常被娘的哭声惊醒。在黑暗里,米养的眼睛黑亮,能看到盘腿坐在旁边的娘的脸上泪花同样黑亮。米养不敢弄出声响,甚至不敢眨眼睛,怕惊扰了哭泣的娘。爹丢失的那只鞋最终没有穿上，担架架在大人们的肩膀上，米养够不着，从矿井到家，米养一直努力地想把那只鞋套上，他在下坡的时候向上跳跃，甚至在平地时想把那只鞋瞄准了抛起来。但不成，担架不仅高，而且左右摇晃，直到回到家米养也没能给爹套上那只鞋，这让他很失望。在家里，当担架停在院子里的时候，他拿着鞋蹲下来，他可以专心地给爹穿鞋了，但他还是没能穿上，与爹肿大得几乎变形的脚相比，那只鞋太小了。后来，他被人抱开了，那只鞋也不知道被丢到什么地方去了。米养就是在那个时候哭的，这些天，他一直在找那只鞋，但没找到，有时候在梦里会看到，醒来的时候按照梦里的地方找，却什么也没有。米养说岔子叔和村干部到家里来，他们跟娘说了很多话，还给了娘用白纸包裹的东西，他知道那是钱，很多钱，之后晚上的时候就有人来抬走了爹，娘是一个人回来的，深夜听到了她的哭声。

和米养以及他的羊在一起，张大连想到了一个词——相依为命，这很不恰当，这个词应该是米养娘用的，但他确信自己有这样的感觉，相依为命的感觉。这感觉让张大连多少有些怜惜米养，也怜惜自己。外面水汽渐渐淡了，光斜进来，形成氤氲的光雾。在这光雾里，羊咩咩地叫，安静地拉着球状的粪便，在讲台上教室里随意地走动、安闲地卧着。

米养娘来了，传进屋里的是她的声音，她在院子里唤米养的名字。米养走出去，张大连透过门，见米养娘俯身对儿子说着些什么，然后拉着米养往外走。羊也三三两两地跟出去，跟着米养走了。张大连没出门，坐在那里，他看到米养扭过头目光掠过羊弯曲的背，不停地向他张望。

晚上，彭庆安来了，他喝了酒，身上的毛孔张着，向外喷着酒气。他甚至还拿着小半瓶，狠劲墩在院子里的方桌上。张大连担心瓶子碎了，或者方桌被砸出了窟窿，但他没说话，只静静地看着。

"先生，我叫你先生。"彭庆安摇晃着坐下，嗓子里泛出一股恶臭，"先生，来，咱哥儿俩喝一杯。"张大连摁住彭庆安的手，抓起酒瓶向土台下的草丛扔去，接着听到玻璃的破碎声。

"你，你敢扔我的酒？"彭庆安摇摇晃晃地站起来，被张大连一推，又坐了下去。张大连一直没说话，他心里有丝厌恶，眼睛里就随之生出挑衅的光，逼着彭庆安。彭庆安在这样的逼迫里，身子往下埋了埋，又渐渐地呜咽、渐渐地哭出声来。在他断断续续的哭诉里，张大连知道今天他们挖出了五具尸体，而天天，彭庆安死去的哥哥的孩子则没有找到。"天天在哪里？天天在哪里？"彭庆安几乎是在号了，那号声穿透黑夜，刺进十八台敏感的耳蜗。

张大连知道，十八台这个晚上不乏悲伤和泪水。他想到了春叶儿，站在土台的沿上，向照台村的方向望去，那里有灯光，似乎也有人在晃动，有人在哭。张大连知道那是自己想象的，他甚至连灯光都看不清楚。

彭庆安还在哭，哭出了泪水，也哭出了多余的酒精。这样持续了一段时间后，他渐渐清醒了，渐渐恢复了自信，也恢复了可以遮挡内心的一份理智。

"这件事就掀过去了，明天我会带人继续挖，找到天天。之后，这口井就算了，我已经找到了新的，那里比这里的条件好。还有，学校也该恢复上课了，不能老这样，耽误了孩子，十八台环境不错，我找人进行了评估，打算开发旅游。至于工厂，可以在更远的地方搞。咱俩还是兄弟，那记者也没碍啥事，还帮着宣扬了宣扬，坏事变成了好事。"

张大连知道他说的是摄影记者夏天，自从那天两人见面后，张大连一直很后悔，后来的事情也证明他的后悔是有根据的，看来夏天正如他自己所说，到村里去调查了，至于调查结果，张大连不知道。别人不说，张大连也没问。

专业就是专业，平平常常一处景儿，经了人家的手就变得不一样了。彭庆安见张大连没搭腔，边说边从怀里扯出来一张报纸，摊在桌上。借着日光灯橘黄的光，张大连在第四版看到了一组照片：街道、一角房檐、山坡及山坡下灰色的屋顶、老树、浑浊但反射着光线的大河、平静的有弯曲倒影的塘水……照片是夏天拍的，有他的署名，照片左侧还有隶书写的标题《如诗如画十八台》。张大连将报纸翻来翻去，没有找到矿难两个字，甚至没有现场会的内容。他很失望，感觉被人欺骗了，感觉自己像一个可笑的傻子。

彭庆安继续说："省报就是省报，一两天的工夫报纸就出来了，咱十八台这下有名儿了，这钱花得值，等于做了期广告。"

"你买通了记者？"张大连的声音压得很低，他很用力地在控制，但也无法使自己的声音拒绝颤抖。也许酒精的作用还没有完全过去，彭庆安似乎没有察觉张大连声音的变化，更没察觉他的身子在微微地发抖："是花了不少钱，有一部分是给人家报社的赞助，要不然人家能这么痛快？"

"卑鄙！"

张大连放弃了控制，把怒火通过这两个字喷射出来，顺手抓起桌子上的报纸，扯了个粉碎。彭庆安想要制止他，但晚了，张大连撕扯报纸的一只手已经攥成了拳头，像块坚硬的铁，砸在彭庆安的腮上。

8

山坡儿在两边起伏，高矮不等的树和灌木伸展着枝叶和刺，拒绝着路人探寻的目光。那里面不知道隐藏着什么，也许是更好的风景,也许是垃圾,张大连说不清楚。一年的时间,他只去过学校附近的坡儿,只去过坡上林子的边缘,更深的地方他无法进入。这一点,他甚至不如米养的那群羊,有时候,他见米养躺在草地上,羊却不知道去了哪里。他问米养,米养就指指后面的林子。过了一段时间,如果张大连没事,有足够的耐心,就能看到羊心满意足地从林子里钻出来,眼睛里含着诡秘。

十八台周围的坡儿都不高,但林子却深而密。春叶儿曾告诫他不要走到深处去,坡儿连着坡儿,树连着树,弄不好会迷路。他以为春叶儿有些夸大,心想只要站在高处就能看到十八台灰色的屋顶,只要用心聆听就能听到村北大河浑浊的流淌声。但他没有同春叶儿辩论,林子里面还是林子,他没有深入的意思。

有时候,张大连和春叶儿会爬上学校后面的山坡,坐在一两棵树的后面,看着下面的学校,以及更下面的村庄。有时候,他们会在这里看到彭庆安,彭庆安走上土台,在宿舍和教室的窗户上趴着看,跑到土台中央向四周眺望。张大连似乎能看到彭庆安眼睛里的光,他觉得很有意思,春叶儿也觉得有意思,两个人就往树后面隐隐身子,露出一只眼来看着彭庆安失望地走下土台,走进望台村,甚至走进他那辆黑色的轿车里。张大连和春叶儿会偷偷地笑,他们很快乐,尤其是张大连,他认为自己在同彭庆安的竞争中占了先机。

而现在,看着路两边的林子,张大连却感到了恐惧。天越来越阴了,浓重的水汽积累了很厚的云朵,向大地缓缓压下来。风也大了,大河甚至开始咆哮,发出隆隆的响声。

张大连的手还隐隐地疼着。昨天晚上,彭庆安从地上爬起来待了一会儿,他没想到张大连会打他,愣了。张大连以为他会扑上来,但没有,彭庆安转身走下土台,消失在夜色中。这让张大连很生气,因为他看到了彭庆安轻蔑的笑容,那比打他还要使他疼痛。彭庆安在嘲笑他,十八台所有的人都在嘲笑他。张大连觉得那不是仅仅针对他个人,而是针对规矩,是对规矩的嘲笑,也是挑衅。

　　张大连离开学校的时候,还朝矿井的方向望了望。他知道还有人在挖,知道彭爷还在矿洞口等着,他仿佛看到彭爷孤单的、干枯的身体,甚至看到了彭爷的胡子。张大连知道他们会找到天天,也许在更深的地方,也许在另外的矿道。天天一定奢望过挖掘的声音早点到来,天天确信这一点,因为他是矿主唯一的侄子。黑暗里没有时间,天天不知道过了多久,也许身上某一个地方正在流血,天天看不到,但他感觉自己的身体越来越虚弱。本来,他是试图喊的,甚至试图动一动。但他的声音连他自己都听不到,身上是石头还是土,天天不知道,他无法动弹,近乎晕厥。在朦胧中,天天放弃了等待,这时候,他想起了自己死去的父亲,以及离家出走的母亲。母亲的面容早就模糊了,即使在地面上他也记不起来,父亲此刻却清晰起来,仿佛就在他的眼前,用一根手指抚着他干裂的唇。不知道过了几天,天天忘记了所有活着的人,包括彭爷,也包括他的叔叔。他轻松起来,像缕烟轻轻地飘过石头和土的缝隙,飘出矿洞口。外面有许多人,有人拿着话筒念着什么,还有人在照相,有人在鼓掌。天天不认识他们,他迟疑了一下,就飘走了,飘上了云端。

　　张大连似乎能看到天天缓缓死去,这让他的脚步越来越快。天空下,山坡树林都变得深刻起来,远处的景物已经模糊,近处的则呈现出浓重的色彩。张大连回头望了望,十八台已经被一座坡儿挡住了。他稍微舒了一口气,肺里一阵清新。

　　他是昨天晚上决定这样做的,他考虑过后果,也曾整夜地迟疑。但他最终决定了,其中的原因说不清楚,他用说不清楚的原因说服了自己。虽然一整夜没有睡觉,张大连并没有觉得疲倦。

他舒了口气，加快了脚步，还有四五里的路程就有通往省城的车了，他要在自己改变主意前到达那里，他不能给自己留下迟疑的时间。

天空在沉重的压力下终于爆裂，随着一声炸雷，密集的雨点砸下来，塞满了前面的路，也堵住了后面的路。张大连很高兴，他早想有这样一场雨了，他在雨里跳跃，在雨里跺着双脚，在雨里痛痛快快地哭。

…………

张大连回到十八台的时候夜已经很深了。在路上，他没有碰到人，雨早在他回来之前就停了，沟渠里的水发出持续的流淌声，空气中弥漫着水的香味。学校的灯黑着，老槐树被打落了仅有的几片叶子，在黑夜里像谁的骨骼。站在土台上，十八台的灯光通透起来，像被谁擦亮了似的。有风顺着后面的山坡冲下来，一直穿透张大连的身体，向下面的十八台去了。张大连打了一个冷战，打开宿舍的门，把自己关进狭小的黑暗里。

人一旦静下来，会让之前发生的事情在脑海里重新播放一遍，有些地方很快，像快镜头，比如穿过雨幕，登上驶往省城的汽车；有些地方则很慢，像慢镜头，像一个大大的停顿，比如他将淋湿的钱递给售票员时那个女子奇怪的表情，比如省城那间有着阔大窗户的办公室里茂盛的兰花。他，作为告密者，没有享受到应有的待遇，甚至连杯热水都没有，那个接待他的有着冷峻面孔的中年人，在他讲述结束后更加冰冷，甚至有很长时间的静默，这让张大连怀疑自己来这里的动机。为了证明自己的叙述真实，他尽量详尽，将时间地点和人物说得很详细，对有些细节甚至夹杂了自己的描绘。这让他感到自己很可怜，似乎在乞求什么一样。离开的时候，中年人和他握了手，这该是他从这里得到的唯一的温暖，他竟有些受宠若惊，手在那人的手里发着抖。

这一天，张大连甚至没有吃饭，胃部和小腹冰凉，关节里也灌满了酸性物质。现在躺在宿舍狭小的黑暗里，他周身的骨骼疼痛起来，体内的组织纷纷复苏，力图将阴湿的潮气驱赶出去。这样，在连续打了几个寒战之后，他慢慢燃烧起来，慢慢感到有一团火，沿着神经的引导，在周身游走。

9

天天找到了，在滂沱的雨水灌进矿坑的时候，一堆土塌陷了，天天的手指出现在彭庆安眼前。矿洞里的人正陆陆续续地往外撤，彭庆安在最后驱赶着，像驱赶一群贪吃的羊。这时候，他看到了天天的手指。

据春叶儿讲，天天被发现的时候靠着矿壁站着，这是一个非常奇怪的姿势，他甚至用一只手扒紧了身后的石头，当彭庆安往外拉动的时候，天天的手指发生了断裂。天天是被彭庆安抱出矿洞的，外面的雨已经很大，彭爷发出惊人的哭声后晕厥了过去。春叶儿说这是她第一次听到那样的哭声，彭庆顺死的时候彭爷也哭，但没有这样凄厉。天天当天就下葬了，和其他五个人一样，都保留了肉身，没有火化。其实在这场矿难中，只有两个人的身体变成了骨灰，其他的人，包括春叶儿爹都没有遭受火炼，这不能不说是一种幸运，或者说是一种待遇。

春叶儿边说着昨天发生的事情，边用勺子给张大连喂药。她柔软的手指不时抚在张大连的额头上试着体温。这该是一种多大的幸福，在过去很多的时间张大连曾想象过这样的场景，而现在真正发生的时候他的心里却一阵阵发虚。春叶儿离他很近，她高耸的胸脯在她俯身拿药的时候甚至轻擦过张大连的鼻子。张大连闭了眼，摸索着捉住春叶儿的手，然后竟有泪流出来。春叶儿见了，用另一只手擦他的脸颊，说："书呆子，不就是受凉发烧吗？哭啥。"春叶儿这样一说，张大连的泪就更多地涌了出来，他有好几次想把昨天进城的事对春叶儿坦白，但没有勇气，他不知道说出来后会发生什么，他留恋现在被春叶儿呵护着，不想因为别的事结束这样的呵护。

春叶儿是上午来到学校的，她出现在张大连面前的时候脸色不错，像一朵刚刚被雨水刷洗过的花。矿上发生的那件事在天天被挖出来后结束了，春叶儿的心情松弛下来。对于这一点，张大连很理解，这些天里十八台的人把心都扎得太紧了，一旦事情过去，就像绸缎一样舒展开来。春叶儿对张大连复述了彭庆安的话，彭庆安说要恢复正常了，该开的工得开，该上的学得上，太阳照常升起。春叶儿复述这句话的时候眼睛散发着光彩，张大连知道那光彩是属于彭庆安的。那件事发生后，春叶儿慢慢地离张大连远了，离彭庆安近了，也不仅仅是春叶儿，十八台所有的人都是如此。张大连已经很久没听到有人唤他先生了，过去他曾对这样的称呼厌烦无奈，现在却有些盼望了。

春叶儿中午的时候打了鸡蛋，下了面条，看着张大连趁热喝了，然后陪他透过窗户看着远处的山坡和林子新鲜地绿着。天空已经大晴，草上叶上都铺了耀眼的光，远处的水塘像面发光的镜子，在水面上营造出迷离的光雾。

张大连出了一身汗，觉得轻松了许多，关节润滑，神经舒展，血液在脉管里欢畅地流动。他和春叶儿走到院子里，半昂着头吸吮着空气中的水粒。彭庆安冲上土台，晃着手里扁平的盒子。

棋，新的。他把盒子放在屋檐下的桌子上："等忙过这阵子咱俩好好地下一盘，春叶儿当裁判，过去的话还算数。"彭庆安经过那件事情的折腾瘦了很多，眼窝陷了，颧骨也高了。春叶儿问彭爷还好吗,彭庆安说身子还虚着,精神强了些。春叶儿从屋里扯了凳子出来,张大连没有说话,他不敢看彭庆安,也不知道该说些什么,只是呆呆地望着远处。

"不坐了,"彭庆安说,"还有些事要忙,新学校那边我已经叫人动工了,这里明天也该复课了,别耽误了孩子。"

"岔子,对不起。"张大连的声音很低。

彭庆安以为他说的是拳头的事情,摸摸脸颊,苦笑着说:"没事,你那点劲儿还伤不了我,别放在心上。"

"不,不是。"

"事情都过去了,现在得往前看,你也没什么错,十八台经不起折腾了,你有文化,以后的事儿还指望着你呢。"

张大连还想辩解,但忍了忍没说出来,他没有那样的勇气,他为自己感到失望。

彭庆安说完就急匆匆地走了,等待他的事情还有很多,下面的十八台离不开他。张大连和春叶儿在院子里待了很久,春叶儿说村里要办旅游,彭庆安让她当助手,她答应了。春叶儿说这话的时候看着张大连的眼睛,似乎是征求意见似的。但张大连想的是另外一件事,他被那件事占据了,并在心里咒骂着自己。

10

学校在沉寂了九天后终于重新站满了人,三十六个孩子、彭庆安和春叶儿。孩子们重新站在教室门前的时候,张大连突然发现他们长高了许多,也陌生了许多。米养依旧赶来了羊群,他甩着鞭子,吆喝着把羊赶进学校后面的坡地,然后折回来挤过其他孩子的肩膀站在张大连面前。

春叶儿脸上有了丝笑意,彭庆安脸上也有,他们连同孩子们都在望着张大连,等着他敲响上课的钟声。但张大连迟疑了,他握长柄锤子的手甚至开始发抖,他的两只脚似乎站在刀尖上不敢移动。他感到了疼痛,感到脚下的地面又如那天般地打着寒战,而且连绵不绝。

彭爷没有来,当看到天天近乎腐败的身体,他很难不被击倒,况且那天的雨无法想象地大,以及冰冷。张大连担心这位辈分和权威都极高的老人在经历了这件事无法如以往般地站起来。那是无法想象的痛苦,不降临在自己身上是无法深刻感受到的。

张大连知道大家在望着他,等着他敲响上课的钟声。其实他也应该敲响了,上课的时间已经被自己的犹豫耽搁,并且没有理由继续耽搁下去。他不敢看孩子们的眼睛,甚至不敢看他们身后背的天蓝色的书包。这些书包是彭庆安统一买的,包括里面的书、本子和笔。他更不敢看彭庆安和春叶儿,在这些人的注视下他心里不止一遍地诘问自己:你都干了些什么?

张大连就把目光投向远处。远处的山坡翠绿,飘带似的路清晰整洁,像蜿蜒的带子穿起十八台十八个村组,又绕过两座山坡延伸到了外面。山口的地方很干净,路上没有车的影子和人的影子,这让张大连有了些许安慰。

"大连,等什么呢?敲钟,上课。"彭庆安在一旁催促着。春叶儿也疑惑地看着,问他是不是身体没恢复好。

不能再犹豫了,但愿一切都不会发生,张大连暗自祈祷着,缓步向老槐树走去。这是一段不长的路,只有几步,步子小了也超不过十几步。但张大连依旧觉得漫长,他听到了哗啦哗啦的锁链声,出自两腿之间。那是一架沉重的脚镣,脚镣的箍圈摩擦着他的脚踝,粗壮的链子则拖在地面上,让他感到疼痛,感到艰难。老槐树干枯皲裂的老皮在经历了一天的晾晒后依旧黑黑地湿润着,头顶上的破钟也黑着脸,等着被另一块铁敲击。

张大连缓缓举起了锤子，这些天，他曾不止一次这样做，有过气愤也有过无奈，但从来没有像今天这样艰难。他抡起的锤子停在半空，因为他听到了另一种声音。这声音孩子们听到了，彭庆安和春叶儿也听到了，他们涌向土台的边沿，向声音响起的地方望去。

那声音是流动的，被两辆警车扯着，正沿着飘带般的路蜿蜒过来，越来越清晰，越来越接近真相。

我的手下罗九耕

1

"天将降大任于斯人也,必先苦其心志,劳其筋骨,饿其体肤,空乏其身,行拂乱其所为……"

我说上面这句话的时候,罗九耕一脸茫然。我于是泄了气,用白话翻译说:"要想做人,先学做狗。"这句话罗九耕懂了,上下摇晃着狗头。那的确是狗头,几乎见不到肉,下脸儿向前凸着,如果耳朵再配合些,就真是个狗头了。

我是个善人,见不得孤苦伶仃的人,所以,我的手下都是从大街上捡的,罗九耕也一样。那天,我领着板钉到西城区考察一笔业务,路过华海大桥的时候,看到长有狗头的罗九耕趴在桥栏杆上哭。我对板钉说:"瞧,这家伙想自杀。"板钉不信。我也不解释,点了支烟在不远的地方等。我这人就是这样,喜欢用事实说话,讲究以理服人。后来板钉等急了,说:"经理,咱还有事儿呢,这家伙想死想活关咱屁事?"我照着板钉的后脑勺儿扇了一巴掌,对于自己的手下,我有义务这样做,不仅让他们有饭吃,还要让他们懂得做人的道理。我很注重员工的思想。

接下来,狗头罗九耕依然不紧不慢地掉眼泪,时间长了,我也有些急。依照经验,他现在应该抹把脸,笨拙地翻过栏杆,喊一句别人听不懂的话,然后急速地坠下去。但没有,那张狗脸依然不紧不慢地掉着泪,和刚见到的时候一样。我心里着急,但脸上看不出来,这源于修养。板钉就没有这样的修养,他说:"经理,要不然我把这孙子扔下去得了,都快一个钟头了,到底跳不跳啊?"

我没有说话,而是把眼睛闭了,用心地调节着自己的呼吸。板钉再不敢言语,他知道我不高兴了,我不高兴的时候就这样,不说,也不看,这叫什么?叫不怒自威。

在我调息的时候,板钉说:"跳了,跳了!"那声音很亢奋。我满意地睁开眼,看到狗头罗九耕正笨拙地翻越栏杆。我轻快地在板钉的屁股上拍了一掌,板钉就像条发现猎物的狗,猛地蹿了出去。

就这样,我救了罗九耕。

救人一命胜造七级浮屠。回到公司驻地的地下室后,我满怀希望地等着罗九耕答谢。我不需要钱,钱是什么?庸俗之物。我需要的是一种真诚的态度,比如鞠个躬、唤声"恩人"什么的。于是,我用板钉端来的凉水洗净脸后,就静静地坐在床上等着。

"大兄弟,"狗头罗九耕竟然叫我大兄弟,他说,"大兄弟,你们真不该救我啊,我没有活路了,早晚是个死。"

"死有重于泰山,也有轻于鸿毛。"我只需这样一点,板钉就很自觉地把话接了过去,没有辜负我的栽培。板钉说:"你这样死就比毛儿都轻,要死也要死得像个人样,比不上泰山,也得像块石头。"

罗九耕在床前蹲下,抱着头嘤嘤地哭起来。

他说他叫罗九耕,豫南人,虚岁四十二,两年前来到省城,在一家锁具厂打工。那厂子不错,按月支工资,两年来攒下一万多块钱。这些钱他没往家寄，而是一点点地存了起来。罗九耕有自己的想法，好钢要用到刀刃儿上，他跟在家务农的媳妇商量，这些钱要等儿子考上大学的时候用。罗九耕看得长远，攒钱不为娶儿媳妇，而是考虑到儿子的前途，对于这一点，我很认可，知识改变命运，我经常对板钉讲这个道理。

罗九耕有个好媳妇，也有个好儿子。媳妇在家一边务农一边缝制寿衣，县里有几个寿衣铺子，大多稀罕她的手工。有些人还截了料子专程找她订做，这样的活儿挣钱多些，她也做得仔细，每朵花每片叶都绣得生动。这样，罗九耕的媳妇就供得起儿子，一直供到高中。如果媳妇的眼睛不出毛病，即使罗九耕不出来打工也能继续供养下去。这是说如果，实际上三年前他媳妇的眼睛就不行了，起初是爱流泪，莫名其妙地流，到了后来就看不清了，越来越看不清，年前彻底瞎了。瞎了的媳妇做不成寿衣，农活也做不了，好在之前还有点积蓄，算计好了能熬到儿子高中毕业。

罗九耕的儿子是好儿子。前几天，罗九耕往家打电话，媳妇说儿子考上了省城的大学。罗九耕高兴，别说他，听到这里我都替他高兴，我说梅花香自苦寒来，罗九耕没听懂，狗眼一眨一眨的。

这样，罗九耕给厂里告了假，到银行取了钱准备回家，这些好钢该派上用场了。但事与愿违，他刚走出银行的大门就被人抢了。罗九耕回忆说，他把钱塞在一个破包袱里，用破棉袄棉裤裹着，寻思破包袱不扎眼儿不容易招贼。他的确没有招贼，却把强盗招来了。抢钱的是两个人，一个骑着摩托车，另一个坐在后座上，和他擦肩而过的时候一伸手就把包袱抢了，等罗九耕反应过来大喊大叫时，那两个人已经带着他的好钢跑远了。罗九耕不明白，他们怎么知道里面有钱呢？

"傻子，你早就被人盯上了。"板钉帮他分析说，"银行里有他们的同伙，你藏钱的时候人家早就告诉外边的人了，不抢你抢谁？"这个板钉总是爱骂人，我说过他多次，还是改不好。我瞪了他一眼，说注意素质。板钉呵呵笑着，抽出一支烟递给了我。

说实话，我很痛恨抢罗九耕钱的人。一是因为厌烦抢这种行为，无论抢劫还是抢夺，都是一种令人发指的暴力行为，一点技术含量都没有，属于最低级的犯罪，只有脑子残疾、智力低下的人才会去抢。二是这种行为针对的对象也不好，多是老弱病残、单身女人，总之是些弱势群体，尤其是抢夺，不分青红皂白碰到谁抢谁，一点考察分析都没有，至于那些大富们，前后有人簇拥，想抢都不敢，敢也抢不成，只能欺负老实人。三是这种行为的成本比较高。本来是冲钱去的，钱也不一定多，可抢来抢去倒把人伤了，不尊重人权不说，一旦栽进去，遭受的打击还很严重，所以说不值。我曾对板钉说，好好跟着我干吧，再差也沦落不到抢钱的分儿上。我这样说是有目的的，如果不是碰到我，板钉很可能走上抢这条路，那就真是一种悲哀了。

后面的事就顺理成章了。没了钱的罗九耕想来想去想到了死，这就是思想的差距、认识的差距。鲁迅先生曾经说过，世上本没有路，走的人多了也就成了路。这道理罗九耕不懂，不知道无路可走的时候要想办法自己蹚出条路，不知道就只好死了。好在他碰到了我，我已经蹚出了一条路，他只需要跟着走就行了。

于是，我让板钉详细地向罗九耕介绍了公司的业务，并承诺如果干得好能很快赚到学费，甚至迅速富裕起来。

罗九耕死脑筋，板钉好说歹说不同意，并说了句很伤人心的话。他说："两位大哥，"他不叫我大兄弟了，"你们高抬贵手放我走吧，我干不了这活儿，偷拿人家根针儿我都发抖，更别说入室盗窃了。"板钉抬腿踹了他一脚，骂道给脸不要脸。这次我没拦着，罗九耕是该吃点苦才行，适当的体罚也是一种教育方式。于是我说："你们俩好好谈谈。"说完穿上鞋出了门。

外面黑漆漆的，黑暗中一列火车碾压着铁轨，发出肥胖的喘声。我深感世道艰难，想想自己刚进城时的宏图大志，竟也有些失落。好在现在我找到了自己的方向，不用依附他人。当然，这条路不好走，如果有可能，我想转型。但那是以后的事，现在摆在眼前的是公司机关的搬迁问题。在一个地方待久了不好，对我们所从事的业务不好，对公司的安全也不利。我已经看好了一个地方，位置可能相对偏些，但安全性很高。

我连着吸了两支烟，觉得板钉和罗九耕谈得差不多了，才返回地下室。他们俩的确已经谈完了，板钉坐在床上喘粗气，这小子现在体力越来越不济，一点小活儿就累得小脸煞白，以后我得过问一下保健问题，毕竟公司的业务是需要很好的体力基础的，不能让他把劲儿都耗在洗头房里。

罗九耕在地上蜷缩着，微微地发着抖，像只受到惊吓的小土狗。我一股恻隐之心油然而生，我弯下腰轻轻地拉着他的胳膊，把他扶到凳子上坐了，缓缓地说："他也是为你好。"语气我自己听着都觉得慈祥。

罗九耕的狗头青一块紫一块的，腮帮子上一左一右鼓着两个大包，像衔着两个包子，很滑稽。我语重心长地帮他分析目前的形势，从他儿子的学费、媳妇的眼睛出发，进而讲到今后的生活。我说得很有条理，由浅入深、由表及里。罗九耕像被催眠了般，脸色慢慢地松弛下来。我引用马克思的话：原始资本的积累必然血腥。告诉他这一原罪迟早会得到赦免，而赦免的方式在于反哺。罗九耕不懂什么叫反哺，我说当你真正有了钱后就懂了，那时候你就不再是一个罪人，而是一个纯粹的脱离了低级趣味的人。这些是我的真心话，我是这样想的，也是这样做的。我梦想有一天能以反哺的形式来证明自己的价值，我相信会有那么一天，而且并不遥远。

接着，我给他讲盗亦有道，讲《孟子》中"天将降大任于斯人也……"告诉他要想做人先学做狗。罗九耕懂了，上下摇晃着狗头，他说试试吧，只要能给儿子凑够学费，干啥都行。

这样，罗九耕成了我的手下，我对他很有信心。

2

实践证明我是正确的。

因为儿子学费的事，罗九耕有压力，有压力就有动力。成为我的手下后，他表现出很强的职业意识，几次主动请缨。对于这一点，我很欣喜，但也有隐隐的担忧，对待员工有时候需要点把火，但火太旺的时候，也需要适当冷却，尤其是我们这样的业务更是如此，毕竟，安全还是第一位的。

那天，我第一次尝试让罗九耕打主力，之前他只有望风的份儿，报酬也相对少些，所以他积极要求进步。我给了他这个机会，员工要求进步是件好事，为什么要阻挡呢？当然，我在出发之前的动员会上嘱咐了很多，说了我们公司的理念：关注细节、追求完美。告诉他要适可而止，不能过于贪婪，要听从板钉的指挥，等等。这是很有必要的，前段时间，我的两个手下就是因为忽略了细节，没有按照规定时间撤离，而被人堵在了十三层的狭小空间里，致使公司的业务大受影响。罗九耕摇晃着狗头，狗嘴里连连说："经理，我记下了。"不错，他已经知道怎么称呼我了，这很好。

那笔业务开展得很顺利，但也并非绝对完美，问题还是出在罗九耕身上。据板钉汇报说，进入那个房间后他们俩进行了分工，对两间卧室进行了地毯式搜索，很快就有了收获，尤其是板钉，在一双看起来破旧的鞋里，搜出一沓现金，很明显是小金库。板钉谨记见好就收的原则，准备提前撤离。但罗九耕以时间未到为由，没有听从板钉的命令。板钉怕争论起来暴露目标，便没再坚持。两个人合力撬开了一个床头柜，收获了少量现金和金银首饰。罗九耕不死心，准备撬第二个床头柜，但我规定的安全时间已经所剩无几，板钉坚持撤离，罗九耕死活不听，没办法，板钉只好打了罗九耕一记耳光，这记耳光打醒了罗九耕，把他从危险的边缘拉了回来，很及时，很有效。

　　回到公司驻地后，我对罗九耕无组织无纪律的行为狠狠地训斥了一番，之后清点了业务收获：现金一万两千六百元、白金项链一条、金耳环一对、戒指两枚。按照公司分配规定，板钉分得四千元、罗九耕分得两千五百元，其他归公司所有。虽然罗九耕违反了纪律，但这次我没有扣他的钱，考虑到他家庭的实际情况，我还多给了他五百元，算是公司的一点补助。

　　吃过晚饭后，我带着两个手下来到大街上，每次完成一笔业务我都要这样做，目的是让他们懂得反哺的道理。

　　离我们公司驻地不远有一个丁字路口，到了晚上很是热闹，是我们公司员工反哺和放松的地方。东西街上是个夜市，夜幕一垂便摆满了各式各样的小吃。我们三个要了一盆龙虾一盘炒鸽一桶扎啤。看着游走的裙摆，沐着浸润的夜风，很是惬意。罗九耕话不多，闷闷地喝着酒。我知道他的心事，拍着他的肩膀问还需要多少钱，他说三千，我说区区三千别影响了心情，公司先替你垫上，以后从你的工资里扣。罗九耕抬起狗脸将信将疑地望着我，眼睛里充满了感激。这正是我要的效果，端起酒杯说，明天就把钱汇回去，现在安心喝酒。

　　酒喝一半，两个怀抱吉他的小姑娘来到我们面前，说："老板，我们给您唱支歌吧。"板钉问："老子想听十八摸，会唱吗？"这个板钉，喝点酒就原形毕露，弄得我很尴尬。"注意素质！"我低声呵斥了他一句，然后柔和地对两个小姑娘说："小妹妹，别理他，随便唱一曲好了。"两个小姑娘便弹起吉他唱了一首《兰花草》："我从山中来，带着兰花草，种在校园中，希望花开早……"她们的歌声算不上动听，吉他也弹得不好，但我听得还是很用心，这是一种尊重，板钉那样的人这辈子也不会懂。

"……一日看三回，看得花时过，兰花却依然，苞也无一个。"

冷不丁，我听到了哭声，罗九耕在一旁呜呜地哭了起来，惹得周围的食客纷纷把目光投向我们。罗九耕醉了，我像对待孩子一样揽过他的肩头，他在我怀里一颤一颤地抽动着，很是动情。两个小姑娘不敢唱了，定定地看着我们。我笑笑说："没事，小妹妹，他喝醉了。"说完掏出二十元钱，塞进小姑娘的手里，让板钉付了账，离开了东西街。附近还有条南北街，街里没有小吃，倒是一家挨着一家满是洗头房、洗浴中心、棋牌室，以及灯箱喑哑的小旅馆。在完成一笔业务后，我会领着板钉在这里寻点乐子，食色性也，食和色都不能或缺，否则就不完整。不过，今天我没有领他俩去，因为罗九耕醉了。对此，板钉很有意见，边走边埋怨罗九耕，说："狗玩意儿，不能喝还死灌。"罗九耕不搭腔，继续嘤嘤地哭。我拽住罗九耕的胳膊，对板钉说："自己去玩儿吧，掂量着点。"板钉的脸一下子就回暖了，嬉笑着问："经理，要不然我给你叫个过来？""不用了，改天我自己来。"我一脸严肃地说。

回到驻地后，罗九耕的哭声非但未息，反而愈发地高亢起来。他歪坐在地上，边哭边捶自己的大腿，像乡间被人占了便宜的女人。看着罗九耕滑稽的哭相，我心里迸发出一丝快乐，点了支烟，斜躺在床上饶有兴趣地看着。生活中不缺乏快乐，缺乏的是善于发现快乐的眼睛，好在我的眼睛很好，很锐利。

　　罗九耕哭得有技巧，边哭边能说出话来，而且抑扬顿挫，很有韵味。他说了一大堆对不起，说到了媳妇、儿子、死去的爹娘，说到了被人抢走的钱，说媳妇如何如何不容易，自己打工如何如何辛苦，说到了自己的祖坟，以及祖坟内埋葬的先人。他说得很全面、很具体、很深入，如果继续说下去，我想他能说出关于罗氏家族的很多往事。他说了一大堆对不起后，就开始痛骂自己，骂自己不把钱及时寄回家，骂自己不把钱揣进怀里，骂自己没发现背后奔来的摩托车，骂自己没有一头跳到河里一了百了。他越骂越高兴，越骂越没有美感，越骂越像条被人剁了尾巴的疯狗。他竟然骂出了我的禁忌——"贼"这个字，并晃动着双手说自己做贼辱没了先人、不得好死等等。这简直太过分了，我端起床边的一盆水扣在了他的头上。罗九耕被泼醒了，抹了一把脸呆呆地望着我，狗眼里流露出讨好的惊恐。

　　晚上板钉没回来，手机一直关着，我没睡好，一闭上眼就能看到形形色色的牙齿向我咬过来，弄得我一阵阵冒冷汗。我睁开眼，看到罗九耕还在床边跪着，虽然跪得不如先前规矩，但还是跪着。我的心就又软了，起身坐起来，边点烟边喊罗九耕起来。许是跪糊涂了，罗九耕被我的声音吓了一跳，身体向前一扑，啃在地上。我让他在板凳上坐了，丢了支烟过去，问："知道为什么罚你吗？"他晃了晃狗头，我叹了口气，缓缓地说，"因为你太让我失望了，怎么能把'贼'的帽子往自己的头上扣呢？这不是个小问题，是大问题，是原则问题。你记住了，咱们不是贼，咱们只是帮助社会完成一次再分配。再分配懂吗？比如你，你没有钱，因为没有钱儿子有可能辍学，因为没有钱你差一点儿丢了性命。而钱在富人手里则是无关紧要的，只是一串数字，没有多大用处。这公平吗？不公平。咱们的存在就是要改变这样的不公平，把富人的钱拿来救济穷人，你罗九耕是穷人，卖小吃的、唱《兰花草》的小姑娘都是穷人，咱们把钱分给穷人，就是再分配，也就是我经常说的反哺。咱们的业务是有选择的，这你不懂，这种选择权是我这个当经理的事，你和板钉只管做就行了。等咱们有了钱，这种反哺的力度会更大，形式也会更多样。咱们也能建学校、建敬老院，到时候你的祖宗先人不仅不会怪罪你，还会以你为荣。当然，现在咱们的实力达不到这一点，因为咱们还没有完成原始资本的积累，等积累到一定程度，咱们公司的业务也会转型，向社会公认的方面转。"

罗九耕似懂非懂地摇晃着狗头，当我说得口有些渴的时候，他说："经理，我好像懂了。"我很满意地让他铺上席子睡觉，他边铺席子边吃吃地问，"经理，那三千块钱……"

"放心，天亮后就给你。"

罗九耕这下放心了，不一会儿的工夫就拉响了风箱，打起了呼噜。

3

作为公司经理，我是一个讲究诚信的人。

第二天，罗九耕早早起来，给我打了盆洗脸水，并将牙膏很仔细地挤在我的牙刷上。我将眼裂了条缝儿，看他耷拉着狗脸、噘着狗嘴挤牙膏的样子很专注，也很可爱，便觉出生活的美好，便忍不住想吟一首欢快的诗。但我没有。我还是瞄着他，看他收拾完了推门出去，才一摆双腿坐了起来。

我洗漱完毕，罗九耕买了豆汁、油条进来，摆在床前的小桌上，巴巴地望着我。板钉还没回来，这个小子一进洗头房就像鸭子进了水塘,没有人赶是不会上岸的。吃过早餐,我从怀里掏出三千块钱,一张张搓开,搓成开屏的孔雀,摊在桌子上。这些钱是罗九耕出去买早点的时候拿的,我不能让他看到放钱的地方,这是一种预防,更是一种保护。

罗九耕狗眼里立即迸发出炯炯的光,狗嘴也更加前突,仿佛裹不住泛滥的口水。说实话,我不喜欢他看到钱的样子。钱是身外之物,是工具,要想成大器就不能做钱的奴隶。这些道理罗九耕不会懂,所以他只能做手下,当不了经理,这是先天、是基因问题。

"经理,这钱……"

"穷啥不能穷教育。这钱是公司为你儿子上学先行垫付的,以后好好干,公司亏待不了你。"

听我这样一说,罗九耕哆嗦着狗嘴说不出话来,一边望着我,一边俯身把钱抓在手里,点了几遍没错后,干笑着塞进怀里。

"没错吧?"

"没,没错,整三千。"

"那出个字据吧。"

"啥,啥字据?"

"借条啊,"看罗九耕不明白,我一板一眼地解释说,"这要是我自己的钱,就不用字据了,可咱是公司,公司有公司的规章制度,别说你,就是我这个当经理的也得遵守,其实也就是一道程序,走走过场。"

罗九耕明白了,取了笔和纸,趴在小桌上,按照我的口授,一笔一画地写道:

本人现以身份证为抵押,借梦想公司现金三千元整，月息百分之十，当年 12 月 31 日前还清，如若逾期不还，任由公司处置。

借款人：罗九耕
2009 年 7 月 15 日

寥寥几十个字，罗九耕却写得艰难，额上竟钻出来一层细密的汗珠儿。我一边念着，一边教他不会写的字，心想改天有时间该给这狗头扫扫盲，儿子是大学生，老子却连"抵押""梦想""逾期""处置"都不会写，传出去丢我们公司的脸面。

板钉还没有回来，我本想等他，但见罗九耕焦急的样子，便决定先去邮局汇款。至于板钉，等找到他我要好好地批评批评，一点组织纪律性都没有。

一路上，罗九耕紧紧地捂着自己的口袋，狗头不时前后左右地扭动着，尤其听到摩托车声，更是一惊一乍地往我身上靠。这家伙是被抢怕了，我用胳膊肘碰碰他，示意他在公共场合注意形象。但没用，他还是不断地往我身上靠，有时候还拽我的衣角，把我刚整理好的衣服弄得皱皱巴巴，很不成体统。

罗九耕写借条生涩，写故乡的地址倒很熟练。在邮局，他掏出钱啐着唾沫一张一张地点，那样子恶狠狠的，弄得邮局里上班的小姑娘用很厌烦的目光看他。我很失望，往旁边靠了靠，拉开和罗九耕的距离。

一切都很顺利。

走出邮局，罗九耕似乎还沉浸在刚刚的气氛里，不停地问："这就行了？"我给了他一个肯定的眼神，走了一段，他又问，"这就行了？"弄得我很无奈，只好停下来认认真真地对他说，"你得相信邮局，相信邮局就是相信政府。"罗九耕挠着狗头，傻呵呵地笑着："我信，我最相信政府。"

又走了一段，罗九耕在我身后试探着说："经理，我、我想给家里打个电话。""去吧。"我很干脆地应道。他脚没挪窝儿，嘟囔着说："我、我想用经理的手机打，这、这儿没电话亭。"我沉吟了一会儿，罗九耕巴巴地望着我，像条狗讨好地望着它的主人。按理说，这是公司的业务电话，不该给私人用，不符合规章制度啊，但咱们公司一向是以人为本的，所以，这次我破个例。说完，我掏出手机非常郑重地递给了他，罗九耕也很重视，双手捧着，摁号码的时候手指头都哆嗦，像摁到了电门。

那个电话打的时间很长，我看了看表，共十八分二十六秒。其实罗九耕没说几句话，大部分的时间都是在等。罗九耕怯怯地告诉我，村会计去叫他媳妇了，他家离村部不远，三五分钟就到。我没理会，独自点了支烟不紧不慢地抽。烟抽完了，电话那头还没有声，罗九耕感到了压力，额头上挤出一层大小均匀的汗豆。随着等待时间的拉长，汗豆迅速生长、膨胀，最终悬挂不住，一颗一颗地砸了下来。我第二支烟吸到一半的时候，电话那头有了应答，罗九耕很兴奋，冲着我喊起来："来了，来了，经理来了。"我没理会，听他冲着电话埋怨了几句，边埋怨边讨好地望着我。我知道他是说给我听的，便转身向不远处的一棵树走去。一会儿，罗九耕颠颠地跑过来，狗脸上堆满了笑。

罗九耕说，他遇到贵人了。他用"贵人"这个词来形容我是比较贴切的，我救了他的命，给了他生存和发展的机会，为他儿子上学垫付了钱，对于罗九耕一家来说，我是当之无愧的贵人。当然，我要谦虚一下，我说谈不上贵人，充其量也就是及时雨、雪中送炭罢了。

"怎么不是贵人？是大大的贵人。"罗九耕很兴奋，嘴角挂着唾沫泡说，"有人给我家捐款了，整六千呢，儿子的学费有了，怎么不是贵人？是大大的贵人。"

　　我理解错了，这对于我来说近似耻辱，脸色也随即黯淡下来，揣上手机快步向前走去。罗九耕被兴奋冲昏了头，一点儿没看出我的情绪变化，快步跟着我继续喋喋不休地喷着唾沫："经理，你说咋还有这么好的人？一不沾亲，二不带故，连个面儿都没见，就那么不声不响地拿钱，末了连名儿都不留，光说是省城的大学教授，你说人家图啥？"

　　"我怎么知道图啥？"我真有些烦了。

　　罗九耕还是没注意到我的不满，继续苍蝇似的在我耳边嗡嗡，说这下好了，这下好了，儿子能上学了。他突然想起了什么，很懊悔地说："早知道就不在公司借钱了，我得叫媳妇把钱赶紧寄过来，挺高的利息呢。"

　　我停下来，压住心里的火。我知道，这个时候，我必须迫使自己沉稳下来。我说："公司的钱不急，你儿子上学不光交学费，吃喝拉撒都缺不得钱，就算这次有人给你家捐款，还能指望次次捐吗？所以，人得靠自己，不能光等天上掉馅儿饼。"

　　罗九耕不说话了，低着狗头，似乎在沉思。我的心情略略好了些，心想终于把他的的思路往回拽了拽。罗九耕抬起狗头，眨巴着狗眼，冒出一句令我无限失望的话："我得找着那个贵人，一定得找着他。"

4

　　南北街两边的铺面大多关着门，街上的人很少。我知道，这条街上净是昼伏夜出的动物，白天是他们的晚上，晚上才是属于他们的白昼。我和罗九耕站在街头，不知道该从哪个店面敲起。这时候，我的手机响了，是板钉的号码，这家伙终于开了机。接通后我很气愤地骂了一句:"你终于活过来了。"

电话那头不是板钉,一个陌生的男中音问:"是板钉的老大吧?"

"我是他的经理。"我及时纠正说。

"那你过来一趟吧,板钉出了点事。"

"在哪里?"

"红红旅馆。"

红红旅馆我知道,就在南北街的中间。我松了口气,心想不是派出所就成。在旅馆二层的办公室,我见到了男中音。说实话,我对这人的印象不错,衣领整洁,面容温和。见我们进来,男中音起身和我握了握手,说:"您看,还得麻烦您亲自跑一趟。"

"板钉怎么了?"

"一点小事。"男中音说着打了个电话。一会儿,三个壮硕的小伙子把板钉架了进来,后面还跟着一个穿紫色上衣的年轻女子。板钉被打得不成样子,嘴角和鼻子下面凝固着暗红的血,两只眼睛也青肿着。见到我,板钉很激动,经理、经理地叫。我瞪了他一眼,说实话,我很心疼,甚至很气愤,但在这样的场合,我必须控制住自己。倒是罗九耕见不得这些,奔过去拽住板钉的胳膊问:"谁这么狠,打成这样?"其中一个小伙子推了罗九耕一把,罗九耕没站稳,向后倒退,一屁股跌坐在沙发上。

男中音微微笑了笑,不紧不慢地说:"发生这样的事我也很遗憾,但事情出了,还是考虑一下解决方案吧,公了也好,私了也罢,都得商量着来,伤了和气对谁都不好。"

接着,在男中音的授意下,紫衣女子带着哭腔复述了事情经过:"昨天晚上,板钉入住红红旅馆二楼的某个房间,起夜的时候碰到了同样起夜的紫衣女子,便兽性大发将其拖进房间。紫衣女子誓死不从，但无奈板钉身体强壮，最终抵抗不过。两个人你来我往的声音惊动了值班的人员，便冲进去捉了个现行。"

事情的确不大。即使不听紫衣女子绘声绘色的描述，我也能猜出她要说的话。这太常规了，用这样简单的圈套来套我这样高智商的人很可笑，我不禁同情起男中音来，同情他想象力匮乏。

但越简单的方法越有效。我不得不承认这一点，所以，当板钉争辩时我打断了他。同时对男中音微微一笑，说："事情的确不大，我猜这个女人是你妹妹吧？也许是表妹，你别不承认。"

男中音嘴角咧了咧，没搭腔。我接着说："给个数儿吧？"男中音似乎很泄气，他调整了一下坐姿，说这事说大就大、说小就小，我看你是个明白人，不多要，五千，五千块钱你把人领走。

我站起来说："算了，您还是把他送给警察得了，这小子也该受受教育，我是操不起心了。"

罗九耕见我要走，没等男中音说话，先行扯住了我的胳膊，说："经理，咱不能走啊，咱走了板钉还不得让他们打死啊？"罗九耕的狗头一点转不过弯儿，狗眼里急得似乎要冒出火来。男中音呵呵笑出了声，我们俩你来我往，最终我掏了两千五百块钱把板钉领了出来。板钉很是冤屈，一到街上就急着向我倾诉真相，说身上的钱都让他们搜去了。我没有让他说下去，真相在那里摆着，说不说的没啥意义。我心里很生气，之前我对板钉讲过，那条街的洗头房、洗浴中心都能进，唯独旅馆进不得，这家伙不听。看来，安全教育一刻也不能放松。我对板钉说："记住，这是血的教训。"

这件事对公司的业务影响很大，作为骨干，没有板钉的参与很多业务无法开展。趁板钉养伤的工夫，我带着罗九耕开展了一系列调查研究活动，掌握了一些情况，等板钉身体一恢复，这些将为公司带来很大的收益。

罗九耕也没有辜负我的希望，对调查研究很是用心，那天竟自己买了一份地图，回到公司驻地后趴在上面查来查去。我看在眼里，喜在心里，想改天把他买地图的钱报了，虽然不多，但不能让他自己掏腰包，这是原则问题。

"怎么样，有收获吗？"我和蔼地对罗九耕说。

罗九耕昂起狗头，喜吟吟地托着地图，充满自信地说："有啊，我都标在地图上了。我接过地图，见上面画着零零散散的圈，再仔细看，有交通大学、科技大学、工业大学、农业大学、商学院、经贸大学……"我心里明白了，把地图甩过去，搞什么名堂？"经理，我把省城的大学都标清楚了，按着这个找，我就不信找不到贵人。"罗九耕狗眼里满是憧憬，一亮一亮地闪着兴奋的光。

罗九耕痴了，真的痴了，心里填满了"找"这个字，我说什么都听不进去了。我告诉他大学教授多了，和你们老家坡儿上的羊一样多，你是找不到的。他说："再多也有个数儿吧，一个人一个人地找，总会找到的。"我说："省城很大，和你们老家的田野一样大，你是找不到的。"他说："再大也有个边儿吧，一所学校一所学校地找，总会找到的。"

于是我便烦了，说："别忘了你不是自由人，你是梦想公司的员工，而且欠着公司的钱，月息百分之十，你去找吧。耽误了工作，违反了规章制度，别怪我这当经理的不讲情面。"

罗九耕便觉得理亏了，耷拉了狗头。我舒了口气，拍着他的肩膀说："公司现在正是用人的时候，你可不要辜负我的期望啊。别忘了，你的命是我救的，你欠着我呢。"

罗九耕缓缓地抬起了头，语气不再那么自信了，嘟嘟囔囔地道："经理，你放心，我不耽误干活，我、我边干边找。"

这样，我就不想再说什么了。本来，按照公司的规定，我完全可以让他下岗。但我没有这样做，一是公司现在人力资源枯竭，招工很是不易；二是罗九耕有一身开锁的好手艺，和公司的业务需求对口；三是他还欠着公司的钱，那本来是为了捆住他的，我不能自断了缰绳；四是我这人心善，想再给他一次机会。

让他找吧，找不到就死心了。

5

板钉受伤后我不得不亲自出马，事必躬亲是企业领导者的大忌，但没有办法，员工要吃饭、公司要发展，业务不能停顿不前。

根据前期调研的情况，我选择了一项安全系数比较大的业务。这是一个新建小区，由于业主、开发商、物业公司三方闹纠纷，内部管理非常混乱。乱中取胜是我们公司的拿手好戏，也是我多年经营公司的宝贵经验。我们去时是下午三点，这个时间段人们上班的上班，不上班的也慵慵懒懒，是开展业务的好机会。

我们选了靠边的一个单元，我摁响三楼的门铃，连摁了几遍，都没有应答。我对罗九耕使了个眼色，罗九耕便从怀中掏出工具，在我的身前蹲下来。他的确是个不错的员工，不到一支烟的工夫便打开了貌似坚固的防盗门。剩下的是手到擒来的事，很顺畅，很轻便。

说实话，这家的现金不多，存折是不能要的，无论上面的数字是几位，对于我们来说都是一张废纸。在主卧，我找到了一块表，看样子很值些钱，罗九耕在另一间卧室的柜子里，找到一叠钱，几千块的样子。这就够了，我甩了下头，领着罗九耕大大方方地掩上了门，走了出去。

板钉吊着胳膊还在楼下歪坐着，见我们出来，便吹着口哨远远地跟了上来。我的心情不错，对两个手下说回公司太早，咱随便转转。我们一行三人穿过公路，七拐八拐走到了一片开阔地。

开阔地有绿色的铁网隔着，里面是球场，一堆孩子顶着大太阳在里面踢足球，他们大声叫喊着，像群追逐兔子的猎狗。我看得欢喜，不禁有感而发："看，这就是咱们的未来，他们朝气蓬勃，好像早晨八九点钟的太阳，希望寄托在他们身上。"

"经理，你作的诗真好。"板钉在旁边由衷地感叹道。罗九耕没作声，他也应该受到感染才对。我回过头，却只见到板钉，吊着胳膊用目光追着足球。"罗九耕呢？"板钉闻声回过头，"咦，啥时候溜了？"

总是这样无组织无纪律！我领着板钉绕过球场向前面的主路走去，没走多远就见到了罗九耕。他正站在一座大门的旁边，有进出的人便硬生生地上去搭讪。我们走过去，但没叫他，只在旁边不远的地方坐了，点了烟看戏似的看着他。

这里是一所大学的正门，罗九耕抻着狗头向里面张望，见有人出来无论男女老幼一概窜上去问："您是大学教授吗？"人家以为他有毛病，纷纷躲避着。这时有个十七八岁的女学生出来，罗九耕同样跑过去觍着脸问，女学生咯咯笑着说："我爸是教授。"罗九耕便以为找对了人，一兴奋竟扯住了女学生的挎包，结结巴巴地说："你爸是我的贵人啊。"女学生慌了，惊叫起来。大门值班室里走出来一个保安，一把揪住罗九耕的衣领，骂道："滚！"罗九耕嘴里嘟囔："哪能说打人就打人呢？"我和板钉看不下去了，起身过去揪住那保安。保安一咋呼，大门里窜出来三四个穿保安制服的人。

"你们干什么？学校是教书育人的地方，怎么能容你们欺负一个精神病人呢？我要找你们校领导反映此事。"我义正词严地说。

　　保安听我说是精神病人，纷纷缩了回去。那个打人的保安临走时还对我说："大哥，快把他弄回家吧，这么疯疯癫癫地到处乱跑，保不齐出事。"他们走后，板钉哈哈大笑起来，对罗九耕说："你真是不动脑筋，教授有那么年轻的小姑娘吗？"罗九耕摇晃着狗头问："教授啥样？"板钉边模仿边描绘说："金丝镜，老布鞋，没有肉，头发白。"

　　罗九耕中了邪，找教授成了他心里的一个疙瘩，而且越系越紧，越结越大。这个疙瘩最直接的表现是他的话少了，眼神也变得痴痴的。好在这没有影响他的业务技术，开锁的手艺反倒愈加熟练了。这样就好。谁的心里都有个疙瘩，这叫个性，只要不耽误公司的业务，我尊重这种个性。

　　只要没有业务，我和板钉就很少见到罗九耕了。这些日子，他跑了不少大学，每到一处都按照板钉"金丝镜，老布鞋，没有肉，头发白"的标准找，也的的确确找到了不少教授，但没有一个是给他家捐款助学的人。罗九耕明白了一个道理：并不是每一个教授都会做这样的事。但他不气馁，非常顽固，像块坚硬的石头。

　　那天晚上，罗九耕回到公司驻地时嘴角挂着血，这小子又挨打了。通过红红旅馆那件事后，板钉对他的态度发生了很大的变化，见他挂了彩很是关切，问哪个打的。罗九耕龇着狗牙，说没事没事，自己不小心磕的。板钉就很生气，嚷嚷说以后不许再去找了。罗九耕一听这话很着急，急得狗嘴里连句像样的话都说不出来。

　　他们俩争执的时候，我没有搭腔。说实话，罗九耕挨打我心里很高兴，这不是阴暗心理，吃点亏也许能让他清醒过来，有时候挨打也是一剂良药。

再往后,事情越来越不像话了。罗九耕非但没改,还把板钉也拖下了水。第二天一睁眼,我就觉得不对,地下室里空荡荡的,洗脸水也没有人打。这样整整空了一天,天快擦黑的时候,板钉和罗九耕有说有笑地走了进来,板钉拎着一塑料袋吃的,罗九耕扛着一个大牌子,上面歪七歪八地写着几排大字:吐血寻找捐资助学的好心教授。塑料袋里的饭是给我买的,面对这种状况,我以不变应万变,一声不吭地吃着饭,同时观察着两个人的神态。

　　他们俩很兴奋,比完成一笔业务还兴奋,这让我心里隐隐地感觉有针在刺。罗九耕也一改之前的沉默,和板钉你一言我一语,总结分析着这一天的成果,谋划着下一步的行动。

　　是板钉主动要求替罗九耕找人的,他觉得罗九耕这个找法儿太笨,不科学,于是便借鉴火车站接站的办法,制作了一块"寻人启事"的大牌子。这办法似乎很有效,到一所大学门口后,他们很快吸引了一堆人围观,还有人咔嚓咔嚓地给他俩照相。甚至有学校的领导出来,满面春风地把他俩请进学校,给他们泡了茶,听罗九耕说明了情况。学校的领导很热心,承诺说帮助他们寻找那个好心教授。板钉和罗九耕很是受宠若惊,坐在真皮沙发上腿都激动得抖。板钉说人家那茶真香啊,叶子翠绿翠绿的,真好喝。

　　过了一段时间后,学校领导面带难色地说没找到,那样子似乎做了什么错事,弄得板钉和罗九耕反而有些不好意思。见罗九耕有些泄气,学校领导分析说:"没找到并不能说明不在我们学校,对于我们学校教授的素质,我们还是有把握的,也许做好事的人不想声张,也许别的什么,我们会坚持不懈地继续找下去,帮你们完成心愿。你们不要泄气,可以继续在校门口竖牌子找人,心诚所至、金石为开嘛,我们共同努力。"

看着板钉和罗九耕踌躇满志的样子,听着他们满怀激情的讲述,我的心里一阵阵泛酸,想吐。我的胃一直不太好,有点不顺心的事总是胃先反应。我没有表态,既没有鼓励,也没有打击,我要再观察观察。

6

我本来是这样想的,用紧张的工作扭转现状。俗话说无事生非。以前基于安全考虑,我对公司的业务进展一直保持着时松时紧的节奏,力图打破规律性。这段时间我原计划是以松为主的,休养生息、养精蓄锐。但现在我要改变这种节奏,把业已掌握的业务资源尽快地开拓出来,用充实的工作改变罗九耕和板钉目前近似疯狂的行为。

我已经计划好了。

但接下来发生的事彻底打乱了我的计划,说起来也简单,罗九耕和板钉上报纸了,在城市晚报的二版上,有他俩举着牌子的大幅特写,罗九耕脸上的皱纹都看得清清楚楚。紧接着事态愈发不可控制,电视、网络都有了他俩的画面,似乎全省城的人都被他俩调动了起来,一起加入了寻找贵人的队伍。在电视画面上,罗九耕结结巴巴地说不出话,板钉却侃侃而谈,像罗九耕的经纪人,样子很让人恶心。

傍晚时分,公司的门被敲响了。我隔着缝往外瞧,见是一男一女两个青年,面容姣好、态度松弛。我打开门,女青年问:"罗九耕在这里住吗?"我问他们是谁。男青年说是电视台的,想请罗九耕做期叫《夜话》的节目。《夜话》我知道,是个谈话类的栏目,在省城很有观众缘儿。

我堵在门口说:"罗九耕回老家了,刚走,说是老婆伤着了。"

"什么时候回来？"

"我也不清楚，也许不回来了，老婆伤了，家里的地没人种。"

"哦。"两个青年很失望，女青年递给我张名片说，"要是他回来，让他联系我们。"

我应着，等他们走远后，我把名片撕了个粉碎。我很生气，同时感到了从未有过的危险。摆在我面前的不是个小问题，而是关系到公司生死存亡的大问题。我必须制止，必须把罗九耕和板钉从危险的边缘拉回来。

罗九耕和板钉回来后，我说："你们俩挺风光啊，报纸、电视、网络，你们现在都成名人了。"

板钉嘿嘿笑着说："经理，明天咱一起去，有你在，哪儿还有我俩的镜头？你不知道，那个电视台的女记者真漂亮。"

"我是不是需要换身新衣服啊？"

"太需要了，好不容易上次电视，你看，我都整了身新行头。你是经理，咋也得比我们穿得好，代表公司形象呢。"

"去你的公司。"我怒喝，挥拳打在板钉的腮帮子上，把他打了一个大跟头。我控制不住自己，抬脚踢了过去，边踢边训斥说，"你们心里还有公司？咱们是干什么的？贼！贼懂吗？你们光顾风光了，还上报纸，上电视，晃着脸到处显摆，警察都认识了，以后还混个屁！"

罗九耕扑过来抱我的腿，我抬脚把他踢到一边，顺势奔到木牌子前，三下五除二把那可恶的牌子跺了个粉碎。

我已经很多年没这么骂过人了，本来我以为自己忘了，但它们竟都藏在我的内心深处，在无限气愤时，顺理成章地跳了出来，一点阻碍都没有。而且，我说了那个"贼"字。这个一直以来我高度忌讳的字，此刻铁锤似的砸在我的脚面上，砸得结结实实，不容置疑。我被砸得心虚，难道一直以来我都是缺乏自信的吗？我为自己感到悲哀，更为公司悲哀。在打过骂过之后，我觉得浑身瘫软，坐在床上一点儿力气都没有。

罗九耕像条狗一样蜷缩在地上，抽嗒嗒地说："您别怨板钉，都是我的错。"

我长舒了一口气，音调渐渐地恢复了往日的镇定："我能理解你们的心情，但无法容忍你们的行为。你们这样做不仅置公司于绝境，也把你们自己置于死地。即使你找到了所谓的贵人，那人知道自己捐助的是贼的儿子，该有多伤心、多失望？俗话说置之死地而后生，你们听我的，先躲一段时间，等人们忘了这件事后再露头。这是死命令。"

罗九耕不说话了，板钉爬起来擦着鼻子下的血。看着他俩的样子，我心软了，叹了口气说："你们啊，啥时候能让我少操点心啊！"

新闻事件发生后，我觉得公司驻地必须迁移，这是保证公司生死存亡、长远发展的大计，所谓人挪活、树挪死便是如此。另外，我也必须抓紧时间招兵买马，罗九耕不是干事业的材料，必须尽快从队伍中剔除出去，对于这样的害群之马，犹豫不决便是犯罪。

我用一上午的时间完成了公司机关的整体搬迁。新驻地我早就看好了，但前期公司业务繁忙，琐事不断，耽误了搬迁日程。与原驻地相比，这个地方相对偏僻，是城市边缘农民早期开发的房产，虽然房型简陋，但位置极佳。房子依山而建，房前有小河流过，靠山面水的一处所在，风水上有利于发展事业、聚财纳宝，安全上有利于遁形匿迹。除此之外，这个地方周边有许多新建楼盘，大多是期房，先期开发的已经入住，后期的还在不断地建设，配套设施没有完全到位，正是业务拓展的好机会。

我们租住的地方是一个农家小院，院中央吊着一口水井，井旁斜斜地长着一棵枣树，缀满油光的叶子。板钉很高兴，大声叫喊着终于不住地下室了。罗九耕嘟囔着说要是再喂上几只鸡、养上条土狗子就好了，就跟家里一样了。罗九耕的话提醒了我，心想如果有机会真得养条看门狗，有情况时能够挡一挡，给大家的安全撤离争取时间。

院子里房子朝南，一排四间，旁边还有个小灶房。作为公司经理，我住一间最大最宽敞的，罗九耕和板钉合住一间，剩下的两间是办公室和仓库，虽然目前还空着，但随着公司的发展壮大一定能够派上用场。

这里夜色清爽，房后山上松涛密集，房前小河蛙声一片，很有诗意。吃过晚饭后，我们三个在院里坐着，仰头看着枣树上挑着的一轮干净的月盘，都有些发呆。"少时不识月，呼作白玉盘。又疑瑶台镜，飞在青云端。"我触景生情，不禁吟诵起李太白的《古朗月行》来。

"经理，您作的诗真棒。"板钉讨好地说。

我没有纠正他，有些错误不用纠正，纠正了反而不好。罗九耕也望着月亮，狗脸上铺满银色的月光，从侧面看上去有些迷离。我问他想什么呢？他说想家，想家里的媳妇、儿子、庄稼。他这样一说，我和板钉也沉默了。谁不想家呢？板钉十几岁就跑进了省城，捡破烂儿、拾垃圾，晃荡了好几年，后来在火车站，被一伙人控制着偷东西，要不是那伙人被警察打掉了，他还跳不出火坑。从拘留所出来后，板钉遇到了我，就一直跟着我干。在公司，他是最早的员工，虽然年龄不大却是元老，后来我也招过别人，不是活儿不行，就是脑子不好使，到头来只有他留了下来，算是我的左膀右臂。按理说板钉早就没有家了，但罗九耕的话对他还是产生了些触动，我看到他的眼睛里亮闪闪的，好像潮了。

我也想家。高考落榜后，我是怀着破釜沉舟的心情来到省城的，走出火车站的那一刻，我发誓要闯出一片属于自己的天地来。我记得自己站在滨海大桥上，俯视着远处的楼群，高亢地大喊："我收服你们来了，等着吧，我要做这里的王。"我的喊声充满霸气，充满力量。我被自己的霸气和力量迷惑，身边的行李被人拎走了都不知道。我的喊声招来了两个守桥的战士，他们拍着我的肩膀问怎么了，我冲着他们喊："我是这里的王，我是这里的王！"最终他们被我折服了，架着我的胳膊将我送到桥下，警惕地看着我远去。

当然，现实是残酷的。为了生存，我睡过水泥管子，在建筑工地砸伤过自己的头。为了换取原始资本，在木器厂偷偷锯掉过自己的手指。那是一种惊心的疼痛，我忍着，因为我相信"天将降大任于斯人也，必先苦其心志，劳其筋骨……"那次疼痛帮我获取了事业发展的第一桶金，五千元。我还记得拿着钱走出木器厂大门时，内心的悲壮如大河之水滔滔不绝。最终，那些钱帮我发展了现在的事业，因为它们很快就在我下榻的地方被偷了，我甚至来不及完成一次计划中的消费——去吃一顿三鲜馅儿饺子。离家出走时，我吃的最后一顿饭就是饺子。

这些事板钉不知道，罗九耕更不知道。相对于我来说，他们俩是简单的、幼稚的。板钉是今朝有酒今朝醉，罗九耕只想着他自己那一亩三分地儿，这就是文化的差异、观念的差异、思想的差异。

在这样的差异中，罗九耕盯着明晃晃的月亮说了一句很不合时宜的话，把我和板钉的心情拽回了现实，摔成了碎末。

他说："想家也不能回，回去就找不到贵人了。"

7

基于罗九耕目前的状态，我决定尽快与他解除劳动关系。有两个方式，一是把身份证给他让他滚蛋，二是让他还完公司的债务后再行离开。对于第一种方式，不到万不得已我不想选择，三千块钱虽然不多，但对于公司来说也是个缺口，开了这一先河会对公司以后的发展不利；第二个方式虽然有些冒险，但还是可行的。当然，无论采取哪种方式都存在一个问题，罗九耕不会马上离开省城，在没有找到他所谓的贵人前他是不会走的。而他只要在这里待一天就会对公司造成威胁，因为他太了解公司的业务了。

其实，还有一种方式，就是让罗九耕彻底消失，就像当初没救他一样。这是下下策，想想还可以，真正实施起来需要勇气。

我决定采取第二种方式。那天，罗九耕和板钉精心打扮后，随我来到目的地。这里是我业务考察中的一个项目，应该说比较成熟。我这人属于谋略型人才，每笔业务都会花大量的时间来调研、设计和演练，小心驶得万年船，否则这些年风浪汹涌，我是走不到现在的。

我们到达目的地的时候天还早。隔着公路我看到小区大门里人来人往，很不适合开展业务。我领着他们绕到小区的东墙外，墙内有一处绿地、一处公厕，摄像头拍不到这里，是死角。墙外堆放了一些垃圾，招来无数的虫蝇在飞。垃圾没人清理，堆得快要与围墙平齐了，踩着垃圾能很轻易地跳进厕所，然后若无其事地边系裤子边走出去。回来的路也通畅，厕所里有架肮脏的竹梯。这些情况我不用很费力就能得到，东墙外有座腾空的写满"拆"字的楼，站在楼上能看清墙内的一切。

我们在街上买了斤熟肉，让摊主切了拌了，又拿了几个馒头，用塑料袋提着爬到废楼的顶层。我没有买酒，酒容易让人思维不清，影响判断，在干活之前公司是杜绝酒精类饮品的。

废楼里卫生条件很差，臊烘烘地充满了尿味儿。我们挑了个干净的地方坐了，边吃饭边聊天打发空余的时光。这样，时间过得很快。我看了看表，叫他俩站在窗洞前向他们交代了任务，然后叫板钉把手机调到振动，又狠狠地拍了拍他俩的肩膀，说："去吧，我等你们胜利归来。"

站在废楼里，我看着他们越过垃圾，翻过墙头，从厕所的另一侧走过绿地，消失在一栋楼的单元门里。五分钟过去了，十分钟过去了。板钉通过手机发来短信，有"顺利"两个字，又简短地汇报了具体位置。我长舒一口气，安心地抽出一支烟，悠然地吸起来。

在我的视野里，那栋楼前面空荡荡的，在烈日的统治下，鸟都很少。我把目光放到更远的地方，那里有密密麻麻的高楼，有密密麻麻的生活。人们在这样密密麻麻的拥挤中，蚂蚁似的奔波着。大部分人都是渺小的蚂蚁，他们没有改变生活的想法，更没有改变生活的能力，只能像蚂蚁一样不动声色地存在和消失。我可怜这些碌碌无为的人，并时刻提醒自己，不要淹没在生活的死水中。

好在我还充满激情，还对未来充满信心。

时间一秒一秒地流逝。我边观察着那栋楼前的状况，边看着表。在这期间，有五个人从单元门前走过，分别是一个牵着狗的年迈的女人、两个穿浅蓝制服的维修工人、一个奔跑的孩子、一个打着手机的姑娘。他们都有自己的事，都不属于那个单元，这很好，业务环境很平稳。渐渐地，我规定的撤离时间到了。我盯紧了单元门，一分钟、两分钟、十分钟，板钉和罗九耕的身影还没有出现。我有些着急，但更多的是气愤。在这样的情绪里，我决定完成这笔业务后，有必要进行思想整顿，重点解决组织纪律性的问题。当然，我判断是罗九耕出了差错。对于这名员工，我必须要做出决断了。优柔寡断是企业家的大忌，我不能再姑息养奸。

在焦急与气愤中，我又等了五分钟，还是没见他们俩出来。我掏出手机，拨打了板钉的电话。手机通了，板钉刚叫了一声经理，便被乱哄哄的声音淹没了。我看了看表，觉得还有时间，便急忙下了废楼，越过垃圾和墙头，越过绿地，钻进单元门里。

在公司的发展历程中，类似的事情不是没有发生过，但都因为我的及时出现得到了解决。在安排业务时，我在时间上是留有余地的，给属下规定的撤离时间是第一时间，我通过考察而得到的安全时间是第二时间。第二时间只有我自己掌握，当属下违反了第一时间时，我可以利用两个时间的间隔来处理问题，每每比较圆满。作为一个公司的经理，我是掌控时间的高手，这源于我的智慧，源于公司"关注细节，追求完美"的理念。

问题的确出在罗九耕身上。

前期很顺利。板钉和罗九耕进入房间后，轻易地在卧室衣柜和客厅电视柜的抽屉里找到了目标物。尤其卧室，五六个信封里塞着五六叠票子，都是崭新的百元大钞。板钉很兴奋，罗九耕也很兴奋，他们把钱一装准备提前撤离。问题就是在这个时候发生的。罗九耕看到了信封上的字，有的认识，有的不认识，但他认出那是一串串地址，以及一个个名字。他对板钉说："早呢，早呢，先看看是些啥？"说着不容板钉反应便抢过那些信封，一个一个地瞅。信封上写的的确是地址和名字，有些地址罗九耕知道，有些不知道，但看来看去，他知道都是些穷地方。他问板钉："这是干啥？"板钉夺过信封说："管他干啥，兴许是给老家亲戚的礼钱，关咱们屁事？咱只管撤，回去分钱去。"罗九耕这时候脑子里犯了混，死活不走。他说："我觉得不像礼钱，谁家亲戚住得这么散？"看板钉不理会，又问，"是不是捐的？是不是俺家的大贵人？"板钉生气了："你问我我问谁？咱管不了那么多，快撤，时间来不及了。"罗九耕却像找到骨头的饿狗，死活不肯走，说是再看看、再看看。板钉没办法，看着罗九耕在柜子里翻起来。罗九耕找到了宝，不是我们的宝，是他自己的宝。他找到一叠汇款回执单。这下不得了了，他以为自己找到了贵人。怎么能偷贵人家的钱呢？他于是见义勇为，先是求，后是抢，让板钉把钱放回去。

我想，板钉毕竟是公司的老员工，有职业精神，在大是大非面前立场坚定。他说："屁，捐钱的多了，能这么巧？"他劝罗九耕别犯傻，可罗九耕不听，还抢。板钉于是打了他一巴掌。这很对，有时候这种方法很能拯救人。但这一次不行，罗九耕狗头里转不过弯儿，一根筋地认定这是贵人家，一根筋地认定贵人的钱不能动。这样，一个要拿钱，一个不让拿，你来我去就厮打在一起。当我出现时，他们俩还在地板上滚，像两条疯了的狗。

我必须用最短的时间解决罗九耕的思想问题。我没打他的耳光，那样无效，也不够力度。在他摇晃着狗头跑过来解释时，我一脚踹到了他的小肚子。小肚子没有骨骼护着，最是柔软。罗九耕捂着肚子，坐在地板上呻吟了几声。我很有权威地说："有什么问题回公司解决。"说完转身要走。罗九耕爬过来抱住我的腿，说："经理，经理，咱不能偷贵人的钱啊。"我再抬腿踹到了罗九耕的肩膀，他又向后倒去。本来，我是不想这样做的。但要命的是时间，时间不允许我引经据典、深入浅出地给他讲解。

就这样，罗九耕一次次被我踹倒，再一次次扑上来。这样重复了有四五次，我终于感到了时间的压力，很痛心地做出决定，指示板钉放下部分钱。这对于我以及公司来说，是最大的让步了。我不能改变公司的规定，也不能把罗九耕放在这里一走了之。

但罗九耕辜负了我，也辜负了公司。他坚持不拿一针一线，并信誓旦旦地保证，公司的损失记在他的头上。说实话，这一刻我迟疑了。我为我的迟疑付出了沉重的代价。这源于我的善良，而对于企业家来说，善良有时候是致命的。又踹了几脚后，我无比沉痛地答应了他的要求。一方面我也开始怀疑这家的业务该不该开展，另一方面是安全。我不能继续纠缠了。我看得出来，板钉也动摇了。在我又一次踹倒罗九耕时，他不但伸手去扶，还小声地问："经理，要不这次算了吧？"

"算了，算了吧。"我疲倦地闭上了眼睛，任由罗九耕和板钉兴奋地将到手的钱掏出来，塞进柜子里。

8

但晚了，一切都来不及了。

门外传来脚步声，在我们屏住呼吸听了一会儿后，脚步声终于停下，并在一串儿钥匙的碰撞声后，传来一个人"咦"的声音。虚掩的门被推开，正如板钉曾经形容的那样：金丝镜，老布鞋，没有肉，头发白。一个干瘦的老头儿探进身子。我想他第一眼就看到了不知道隐蔽的罗九耕，他显然是被罗九耕的狗脸吓着了，转身想逃，并想高声地呼喊。但富于实践经验的我没给他这个机会，我一个箭步上去，在他喊之前、离开之前，伸手捂住了他的嘴，并把他拖回房间，身体一靠关上了门。

他很激动，在我怀里像只扑腾不止的柴公鸡。我必须让他安静下来，于是贴近他的耳朵喝道："别动，再动弄死你。"

柴公鸡呜呜地叫着，倔强地在我的怀里挣扎。我指示板钉："找根绳子，把他捆起来。"板钉迟疑了一下扎进厨房。而罗九耕，我们梦想公司的员工，则不顾公司形象，扑通一声跪在柴公鸡面前，不由分说地磕了三个响头，狗嘴里"贵人""贵人"地叫。柴公鸡显然被他的动作吓到了，瞬间静止下来，继而更加努力地挣扎。我也被罗九耕搞得有些放松，手上的劲儿一懈，竟把右手中指送进了柴公鸡的嘴里。结果可想而知，柴公鸡上下颚猛地一合，一股钻心的疼痛立即从指头传进我的心里。有血涌出来，我松开了手，柴公鸡一扑棱从我怀里逃出去，并高喊："抓强盗！抓强盗啊！"

　　柴公鸡犯了一个致命的错误。首先，我们不是强盗，他在没有调查研究的情况下把这一称呼强加于我们，这是很不道德的。其次，他不该不控制自己的音量，要知道，这样的呼喊很容易引来麻烦，不仅对我们，对他也一样。再者，他没有倾听的风度。如果他有，我会心平气和地告诉他我们没动一针一线，甚至连锁都是好好的，并奉劝他换一把更加牢固的锁。当然，更重要的是，他不该伤害我。我没想过要伤害他，从来没有。看着自己流血的手指，我真的很愤怒。

　　虽然板钉找到了绳子，但我已经改变了主意。在柴公鸡喊出第一句后，我上前掐住他的脖子，把他顶在墙壁上。板钉问："咋，要弄死他？"

　　"他已经认出咱们了，不弄死他，咱们都得坐牢。"听我这么说，板钉不说话了。罗九耕却扑过来抱住我的腿，这条该死的狗，总是喜欢扑我的腿，似乎是他的本能。罗九耕一急就结巴，他哆哆嗦嗦地说："经理，经理，求、求您，别啊，别啊，这是贵人、贵人啊……"我抬脚踢翻他，他又扑上来，那情形跟刚才一样，只是他爬得更快、扑得更猛罢了。

"板钉，抱住他。"板钉听到我的命令，上前扯住罗九耕的胳膊。这时，柴公鸡的脸已经有些紫了，我想过不了一分钟，就能完事了。我不想杀人，可为了公司的安全，我只能这样做。

"嘭!"板钉倒了，被罗九耕一肘击破了鼻子。罗九耕狗眼里喷出了火，恶狠狠地瞪着我。

"放开他!"

我没理会。

"放开他!"

我不但没理会，手上反而加了力气。

罗九耕冲上来，我抬腿踹到了他的小肚子上。罗九耕接着又冲上来，这次我没能踹倒他，我甚至没有抬起自己的腿。他手里不知道什么时候多了一把长长的螺丝刀。此刻，螺丝刀的柄还在他的手里攥着，而刀身已经埋进了我的胸口。

我觉得自己被贯穿了，松开柴公鸡，两只手捂住自己的胸口。接着，是无法止住的血。

板钉呆了，罗九耕也呆了。

我忍着剧痛，尽量平静地对罗九耕说了三个字：

"狗，东，西。"

我本来还想说"死亦为鬼雄"的，但气息不知道从哪里断了。

这时，门外传来脚步声，很嘈杂。我笑了笑，扯了扯衣服，让它看起来尽量平整，仿佛即将出门远行的样子。